ASSASSINATO NO EXPRESSO ORIENTE

オリエント急行の殺人

UMA INVESTIGAÇÃO GENIAL DE
HERCULE POIROT

AGATHA CHRISTIE

ASSASSINATO NO EXPRESSO ORIENTE

オリエント急行の殺人

UMA INVESTIGAÇÃO GENIAL DE
HERCULE POIROT

Tradução de PETRUCIA FINKLER

L&PM EDITORES

Texto de acordo com a nova ortografia.
Título original: 名探偵ポアロ　オリエント急行の殺人 (*Murder on the Orient Express*)

Tradução: Petrucia Finkler
Capa: adaptação sobre capa da coleção Hawakawa Junior Mystery
Ilustrações: Aya Nikaido
Preparação: Elisângela Rosa dos Santos
Revisão: Marianne Scholze

CIP-Brasil. Catalogação na fonte
Sindicato Nacional dos Editores de Livros, RJ.

C479a

Christie, Agatha, 1890-1976
Assassinato no Expresso Oriente / Agatha Christie; [ilustração Aya Nikaido]; tradução Petrucia Finkler. – 1. ed. – Porto Alegre [RS]: L&PM, 2025.
304 p. : il. ; 19 cm.

Tradução de: 名探偵ポアロ　オリエント急行の殺人
ISBN 978-65-5666-584-9

1. Ficção inglesa. I. Nikaido, Aya. II. Finkler, Petrucia. III. Título.

25-98605.0 CDD: 823
CDU: 82-3(410.1)

Gabriela Faray Ferreira Lopes - Bibliotecária - CRB-7/6643

Rua Comendador Coruja, 314, loja 9 – Floresta – 90.220-180
Porto Alegre – RS – Brasil / Fone: 51.3225.5777

PEDIDOS & DEPTO. COMERCIAL: vendas@lpm.com.br
FALE CONOSCO: info@lpm.com.br
www.lpm.com.br

Impresso no Brasil – 2025

Para M.E.L.M. Arpachia, 1933

SINOPSE
O NOME DELE É HERCULE POIROT, O MAIOR DETETIVE DO MUNDO.
AO EMBARCAR NO LUXUOSO TREM EXPRESSO ORIENTE...
... ELE O ENCONTROU LOTADO DE PASSAGEIROS DAS MAIS VARIADAS NACIONALIDADES E CLASSES SOCIAIS.
O TREM PERCORRIA OS TRILHOS SOB UM CLIMA UM TANTO SINISTRO...
... ATÉ QUE SEU TRAJETO FOI INTERROMPIDO POR UMA TEMPESTADE DE NEVE.

E, NESSA MESMA NOITE...
... UM HOMEM FOI ENCONTRADO MORTO, ESFAQUEADO DIVERSAS VEZES!!
NÃO HAVIA DÚVIDA DE QUE O CULPADO ERA ALGUÉM QUE ESTAVA NO TREM, PORÉM, TODOS TINHAM ÁLIBIS INCONTES-TÁVEIS.
E AGORA, COMO POIROT RESOLVERÁ ESTE MISTÉRIO?!

PERSONAGENS

HERCULE POIROT

DETETIVE PARTICULAR

BOUC

O DIRETOR DA COMPAGNIE INTERNATIONALE DES WAGONS LITS

DOUTOR CONSTANTINE

UM MÉDICO GREGO

SAMUEL RATCHETT

UM RICO AMERICANO

EDWARD MASTERMAN

O CRIADO BRITÂNICO DE RATCHETT

HECTOR MACQUEEN

O SECRETÁRIO AMERICANO DE RATCHETT

ARBUTHNOT

UM CORONEL BRITÂNICO

MARY DEBENHAM

A GOVERNANTA BRITÂNICA

GRETA OHLSSON

UMA PASSAGEIRA SUECA

SRA. HUBBARD

UMA PASSAGEIRA AMERICANA

PRINCESA DRAGOMIROFF

UMA NOBRE DE ORIGEM RUSSA

HILDEGARDE SCHMIDT

A CRIADA ALEMÃ DA PRINCESA

CYRUS HARDMAN

UM DETETIVE PARTICULAR AMERICANO

CONDE E CONDESSA ANDRENIY

UM DIPLOMATA HÚNGARO E SUA ESPOSA

ANTONIO FOSCARELLI

UM VENDEDOR ITALIANO

PIERRE MICHEL

O CONDUTOR FRANCÊS

N
Inglaterra
Londres
Polônia
Calais
Alemanha
Tchéquia
Paris
Eslováqu
França
Suíça
Áustria
Hungria
Lausanne
Vinkovci
Eslovênia
Veneza
Zagrebe
Milão
Brod
Trieste
Croácia
Bósnia e
Herzegovina
Itália
Montenegro
Albânia
Mar Mediterrâneo

Rota do Simplon Expresso Oriente
Os nomes dos países e as fronteiras são atuais, da década de 2020. Quando esta obra foi produzida, os sete países – Eslovénia, Croácia, Bósnia e Herzegovina, Sérvia, Montenegro, Kosovo e Macedónia do Norte – ainda estavam juntos, formando o país da Iugoslávia.
Bielorrússia
Ucrânia
Rússia
Romênia
elgrado
Bucareste
Mar Negro
Estreito de Bósforo
Sófia
Istambul
Bulgária
Tsaribrod
(Dimitrovgrad)
vo
acedônia
Norte
Turquia
Montes
(Cordilheira
de) Tauro
irécia
Konya
Alepo
Atenas
Síria

Sumário

Parte 1 – Os fatos

Capítulo 1 – Um passageiro importante no Expresso Tauro 17
Capítulo 2 – O Hotel Tokatlian 29
Capítulo 3 – Poirot recusa um caso 38
Capítulo 4 – Um grito na noite 48
Capítulo 5 – O crime 53
Capítulo 6 – Uma mulher? 69
Capítulo 7 – O corpo 78
Capítulo 8 – O caso Armstrong 91

Parte 2 – Os depoimentos

Capítulo 1 – O depoimento do condutor da Wagon Lit.... 97
Capítulo 2 – O depoimento do secretário 105
Capítulo 3 – O depoimento do criado 111
Capítulo 4 – O depoimento da senhora americana 118
Capítulo 5 – O depoimento da senhora sueca 128
Capítulo 6 – O depoimento da princesa russa 134
Capítulo 7 – O depoimento do conde e da condessa Andrenyi 142
Capítulo 8 – O depoimento do coronel Arbuthnot 149
Capítulo 9 – O depoimento do sr. Hardman 159
Capítulo 10 – O depoimento do italiano 167
Capítulo 11 – O depoimento da srta. Debenham 172
Capítulo 12 – O depoimento da criada alemã 178

Capítulo 13 – Resumo dos depoimentos dos passageiros ... 185
Capítulo 14 – A prova da arma ... 194
Capítulo 15 – O exame das bagagens dos passageiros ... 203

Parte 3 – Hercule Poirot senta-se para pensar

Capítulo 1 – Qual deles? ... 225
Capítulo 2 – As dez perguntas ... 233
Capítulo 3 – Certos pontos sugestivos ... 239
Capítulo 4 – A mancha de gordura em um passaporte húngaro ... 249
Capítulo 5 – O nome de batismo da princesa Dragomiroff ... 257
Capítulo 6 – Uma segunda entrevista com o coronel Arbuthnot ... 263
Capítulo 7 – A identidade de Mary Debenham ... 267
Capítulo 8 – Outras revelações surpreendentes ... 272
Capítulo 9 – Poirot propõe duas soluções ... 280

Sobre a autora ... 300

PARTE 1

Os fatos

Capítulo 1

Um passageiro importante no Expresso Tauro

I

Eram cinco horas de uma manhã de inverno na Síria. Ao longo da plataforma da estação em Alepo, via-se o trem que figurava imponente nos guias ferroviários com o nome de Expresso Tauro. Era composto de vagão-cozinha e restaurante, um vagão-dormitório e dois vagões comuns.

Junto ao degrau que dava acesso ao vagão-dormitório, estava um jovem tenente francês, resplandecente em seu uniforme, conversando com um homenzinho agasalhado até as orelhas, de quem não se podia entrever nada, a não ser a ponta rosada do nariz e as extremidades de um bigode enrolado para cima.

O frio era congelante, e a tarefa de se despedir de um distinto estrangeiro não era algo invejável, mas o tenente Dubosc cumpria, magnânimo, sua missão. Belas frases vertiam-lhe dos lábios em um francês elegante. Não que ele soubesse o porquê daquilo. Corriam boatos, era evidente, como sempre nesses casos. O temperamento do general – do *seu* general – ia de mal a pior. Mas, então, chegara esse belga, vindo lá da Inglaterra ao que tudo indicava. Passou-se uma semana – uma semana de curiosa tensão. E, depois, seguiram-se certos acontecimentos. Um oficial muito distinto cometeu suicídio, outro renunciou ao cargo, expressões ansiosas de repente perderam sua ansiedade, precauções militares foram aliviadas. E o general, o próprio general do tenente Dubosc, de repente parecia ter rejuvenescido dez anos.

Dubosc escutou por acaso parte de uma conversa entre o general e o estrangeiro: "Você nos salvou, *mon cher*", dizia o general, emotivo, com o enorme bigode branco tremendo enquanto falava. "Salvou a honra do Exército Francês, evitou muito derramamento de sangue! Como posso agradecer por ter atendido minha solicitação? Por ter vindo de tão longe..."

Ao que o estrangeiro, de nome Hercule Poirot, ofereceu uma resposta afável que incluía a frase: "E então não vou lembrar que um dia foi o senhor quem me salvou a vida?".

E então o general respondeu, educadamente, que negava qualquer mérito por aquele serviço passado e, com novas menções à França, à Bélgica, a glórias, honra e coisas afins, abraçaram-se afetuosamente, e a conversa se encerrou.

Tenente Dubosc permanecia no escuro a respeito do que se tratava tudo aquilo, mas coubera-lhe a tarefa de levar monsieur Poirot ao Expresso Tauro e ele a cumpria com o zelo e a dedicação que competem a um jovem oficial com uma carreira promissora pela frente.

– Hoje é domingo – expressou tenente Dubosc. – Amanhã, segunda pela tardinha, o senhor vai estar em Istambul.

Não era a primeira vez que fazia a mesma observação. Conversas na plataforma, antes da partida de um trem, tendem a ser de natureza um pouco repetitiva.

– Pois é – concordou Poirot.

– E pretende ficar lá por alguns dias, imagino?

– *Mais oui.* Istambul é uma cidade que ainda não conheço. Seria uma pena passar por lá, *comme ça* – estalou os dedos de forma descritiva. – Não tenho nada urgente, permanecerei uns dias como turista.

– A Santa Sofia, ela é muito bonita – disse o tenente Dubosc, que jamais vira a construção.

Um vento frio assobiou na plataforma. Ambos estremeceram. Tenente Dubosc conseguiu espiar discretamente o relógio. Cinco para as cinco, só mais cinco minutos!

Pensando que o outro reparara em sua espiada furtiva, apressou-se em retomar o diálogo.

– Há poucas pessoas viajando nesta época do ano – disse olhando para as janelas do vagão-dormitório acima deles.

– Pois é – concordou monsieur Poirot.

– Vamos torcer para que não fiquem presos por conta da neve nos montes Tauro!

– Isso acontece?

– Já aconteceu, sim. Este ano ainda não, por enquanto.

– Vamos torcer então – disse Poirot. – As previsões do tempo para a Europa andam ruins.

– Muito ruins. Nos Bálcãs há muita neve.

– Na Alemanha também, ouvi dizer.

– *Eh bien* – apressou-se o tenente Dubosc, justo quando outra pausa parecia se insinuar. – Amanhã à noite, às 19h40, vai estar em Constantinopla.

– Sim – disse Poirot e, com desespero, emendou –, a Santa Sofia, eu ouvi dizer que é muito bonita.

– Magnífica, creio.

Acima da cabeça deles, a cortina de uma das cabines foi puxada de lado, e uma jovem olhou para fora.

Mary Debenham dormira muito pouco desde que deixara Bagdá na quinta-feira anterior. Nem no trem para Kirkuk, nem na pousada em Mosul, nem mesmo na última noite no trem ela dormira decentemente. Então, exausta de ficar deitada insone no calor abafado de sua cabine superaquecida, levantou-se e espiou para fora.

Devia ser Alepo. Nada para olhar, é claro. Apenas uma longa plataforma mal-iluminada, retumbando com furiosas discussões em árabe acontecendo em algum lugar. Dois homens conversavam em francês logo abaixo da janela dela. Um era um oficial francês; o outro, um homenzinho de bigodes enormes. Deu um leve sorriso. Jamais havia visto alguém usando agasalhos tão pesados. Devia estar muito frio do lado de fora. Era por isso que aqueciam o trem de maneira tão terrível. Tentou forçar o vidro para baixo, mas a janela não cedeu.

O condutor da companhia Wagon Lit aproximara-se dos dois. O trem estava prestes a partir, informou. Era melhor que monsieur entrasse. O homenzinho removeu o chapéu. Que formato de ovo tinha aquela cabeça. Apesar de suas preocupações, Mary Debenham sorriu. Um homenzinho de aspecto ridículo. Um homenzinho do tipo que ninguém jamais levaria a sério.

Tenente Dubosc fez seu discurso de despedida. Planejara de antemão e o guardara até o último minuto. Foi um discurso muito bonito, elegante.

Para não ficar para trás, monsieur Poirot respondeu à altura.

– *En voiture, monsieur* – chamou o condutor.

Com um ar de infinita relutância, Poirot subiu a bordo do trem. O condutor subiu atrás dele. Monsieur Poirot acenou. Tenente Dubosc prestou continência. O trem, com uma sacudida terrível, moveu-se devagar para frente.

– *Enfin!* – murmurou Hercule Poirot.

– Brrrrr – exprimiu tenente Dubosc, percebendo a gravidade do frio que sentia...

II

– *Voilà, monsieur* – o condutor apresentou para Poirot, com um gesto dramático, a beleza de sua cabine no vagão-dormitório e a organização de sua bagagem. – A pequena valise de monsieur, eu coloquei *aqui.*

A mão estendida era sugestiva. Hercule Poirot depositou nela uma nota dobrada.

– *Merci, monsieur.* – O condutor tornou-se enérgico e profissional: – Tenho as passagens de monsieur. Também ficarei com o passaporte, por favor. O senhor interrompe a jornada em Istambul, pelo que entendi?

Poirot assentiu.

– Não há muitos passageiros viajando, imagino? – perguntou.

– Não, monsieur. Tenho apenas outros dois passageiros, ambos ingleses. Um coronel da Índia e uma jovem dama inglesa de Bagdá. Monsieur precisa de alguma coisa?

Monsieur pediu uma garrafa pequena de Perrier.

Cinco da manhã era um horário estranho para embarcar em um trem. Faltavam ainda duas horas para o amanhecer. Ciente da noite inadequada de sono e da difícil missão cumprida com sucesso, Poirot enrolou-se num canto e adormeceu.

Quando acordou, já eram nove e meia, e aventurou-se até o vagão-restaurante à procura de um café quente.

Havia apenas um ocupante no momento, obviamente a jovem dama inglesa à qual se referiu o condutor. Era alta, magra e morena, com talvez uns 28 anos de idade. Havia uma espécie de eficiência fria na maneira com que comia o desjejum e chamava pelo atendente para que lhe trouxesse mais café, o que denotava uma experiência de mundo e de viagens. Usava um vestido escuro feito com algum tecido leve, adequado à atmosfera aquecida do trem.

Hercule Poirot, sem nada melhor para fazer, divertiu-se observando a moça com total discrição.

Julgou que era uma jovem capaz de se defender com absoluta tranquilidade aonde quer que fosse. Tinha pose e eficiência. Gostou muito da regularidade severa de seus traços e da palidez delicada da pele. Aprovou os cabelos negros e lustrosos, com suas madeixas em ondas caprichadas e os olhos frios, impessoais e cinzentos. Porém, decidiu, era um pouco eficiente demais para o que ele chamava de "uma *jolie femme*".

Em seguida, outra pessoa entrou no vagão-restaurante. Era um homem alto, entre quarenta e cinquenta anos, uma silhueta magra, pele marrom, com o cabelo levemente grisalho nas têmporas.

"O coronel da Índia", Poirot pensou consigo.

O recém-chegado fez uma pequena reverência à moça.

– Bom dia, srta. Debenham.

– Bom dia, coronel Arbuthnot.

O coronel ficou parado com a mão no espaldar da cadeira oposta a ela.

– Alguma objeção? – perguntou.

– É claro que não. Sente-se.

– Bem, sabe, o café da manhã não é uma refeição em que se conversa muito.

– Espero que não. Mas não mordo.

O coronel sentou-se.

– Rapaz – chamou com ar peremptório.

Fez o pedido de ovos e café.

Os olhos repousaram por um momento em Hercule Poirot, mas seguiram adiante com indiferença. Poirot, interpretando corretamente o espírito inglês, sabia o que o outro pensara: "Outro estrangeiro detestável".

Fiéis à sua nacionalidade, os dois ingleses não eram tagarelas. Trocaram algumas poucas e breves observações; em seguida, a garota levantou-se e retornou à sua cabine.

Na hora do almoço, os outros dois mais uma vez dividiram a mesa e, de novo, ambos ignoraram por completo o terceiro passageiro. A conversa estava mais animada do que no café da manhã. Coronel Arbuthnot falou de Punjab e, de vez em quando, fazia à moça algumas perguntas sobre Bagdá, onde ficou claro que ela trabalhara na posição de governanta. No decorrer da conversa, descobriram alguns amigos em comum, o que teve o efeito imediato de torná-los mais amigáveis e menos circunspectos. Conversaram sobre o velho Tommy Fulano e Jerry Sicrano. O coronel inquiriu se ela iria direto para a Inglaterra ou se passaria por Istambul.

– Não, vou direto.

– Não acha que é uma pena?

– Fiz o mesmo trajeto vindo para cá dois anos atrás e passei três dias em Istambul na ocasião.

– Oh, entendo. Bem, posso dizer que fico muito contente que esteja indo direto, pois eu estou.

Fez uma espécie de cortesia desajeitada, corando um pouco ao fazê-la.

“Ele é suscetível, o nosso coronel”, pensou Hercule Poirot, achando certa graça. “O trem é tão perigoso quanto uma viagem no mar!”

A srta. Debenham respondeu calmamente que aquilo era muito bom. Seus modos tomaram um leve ar contido.

O coronel, como reparou Hercule Poirot, acompanhou-a de volta à cabine. Mais tarde, passaram pelo cenário magnífico de Tauro. Ao olharem para baixo, admirando as Portas da Cilícia, parados no corredor lado a lado, um suspiro veio de repente da garota. Poirot estava perto e ouviu-a murmurar:

– É tão lindo! Eu queria... queria...

– Sim?

– Queria poder aproveitar!

Arbuthnot não respondeu. A linha quadrada do queixo pareceu um pouco mais rigorosa e impiedosa.

– Queria, por Deus, que você estivesse fora dessa história toda – ele disse.

– Quieto, por favor. Quieto.

– Oh! Está tudo bem – lançou um olhar levemente incomodado na direção de Poirot. Então prosseguiu: – Mas não gosto da ideia de que seja uma governanta, ao alcance de qualquer sinal e chamado de mães tiranas e seus pirralhos cansativos.

Ela riu com uma leve pitada de falta de controle no som emitido.

– Oh! Não deve pensar assim. A governanta oprimida é um mito bastante exagerado. Posso garantir que são os pais que têm medo de se sentir intimidados por *mim*.

Não falaram mais nada. Arbuthnot estava, quem sabe, envergonhado por seu acesso.

“Uma comediazinha bastante esquisita essa que estou acompanhando”, disse Poirot para si mesmo, pensativo.

Recordaria esse mesmo pensamento mais adiante.

Chegaram a Konya naquela noite, em torno das onze e meia. Os dois viajantes ingleses saíram para esticar as pernas, caminhando de uma ponta a outra da plataforma nevada.

Monsieur Poirot estava contente em observar a abundante atividade da estação através da vidraça. Depois de uns dez minutos, no entanto, decidiu que tomar um ar fresco não seria talvez uma má ideia, afinal. Fez os preparativos necessários, enrolando-se em vários casacos e cachecóis e encaixando as botas elegantes dentro de galochas. Assim trajado, desceu cauteloso até a plataforma e começou a percorrer sua extensão. Caminhou para além da locomotiva.

Foram as vozes que lhe deram a pista das duas figuras obscuras paradas à sombra de uma camionete. Arbuthnot dizia:

– Mary...

A moça o interrompeu.

– Não agora. Não agora. Quando tudo estiver terminado. Quando tiver ficado para trás... *aí então*...

Discretamente, monsieur Poirot deu meia-volta. Ficou pensativo.

Dificilmente teria reconhecido a voz fria e eficiente de srta. Debenham...

“Curioso”, pensou.

No dia seguinte, cogitou se, quem sabe, eles teriam discutido. Falaram pouco um com o outro. Observou que a moça parecia ansiosa. Apresentava olheiras sob os olhos.

Eram em torno das duas e meia da tarde quando o trem fez uma parada. As cabeças despontaram das janelas. Um pequeno agrupamento de homens estava aglomerado ao lado da linha férrea, olhando, apontando para algo embaixo do vagão-restaurante.

Poirot debruçou-se para fora e falou com o condutor da Wagon Lit, que passava apressado. O homem respondeu, e Poirot puxou a cabeça de volta, mas, ao virar-se, quase colidiu com Mary Debenham, que estava parada logo atrás dele.

– O que está acontecendo? – perguntou quase sem ar, em francês. – Por que paramos?

– Não é nada, mademoiselle. É algo que pegou fogo sob o vagão-restaurante. Nada sério. Já apagaram. Estão agora consertando os danos. Não há perigo, lhe garanto.

Ela fez um pequeno gesto abrupto, como se considerasse a ideia de perigo algo completamente desimportante.

– Sim, sim, entendo. Mas e a *hora*!

– A hora?

– Sim, isso vai nos atrasar.

– É possível, sim – concordou Poirot.

– Mas não podemos permitir um atraso! O trem deve chegar às 18h55 e é preciso atravessar o Bósforo para apanhar o Simplon Expresso Oriente do outro lado às 21 horas. Se atrasarmos uma ou duas horas, vamos perder a conexão.

– É possível, sim – admitiu.

Olhou para ela com curiosidade. A mão que segurava a barra da janela não estava bem firme, os lábios também estavam trêmulos.

– Importa muito para a senhorita, mademoiselle? – perguntou.

– Sim. Sim, importa. Eu... preciso pegar aquele trem.

Deu as costas para ele e percorreu o corredor para se juntar ao coronel Arbuthnot.

Sua ansiedade, entretanto, era desnecessária. Dez minutos mais tarde, o trem deu a partida, chegou a Haydapassar com apenas cinco minutos de atraso, compensando o tempo no percurso.

O Bósforo estava agitado, e Poirot não desfrutou da travessia. Separou-se de seus companheiros de viagem no barco e não voltou a vê-los.

Ao chegar à Ponte Galata, foi direto ao Hotel Tokatlian.

Capítulo 2

O Hotel Tokatlian

No Tokatlian, Hercule Poirot pediu um quarto com banheiro. Depois, foi ao balcão do concierge e indagou sobre suas correspondências.

Havia três cartas e um telegrama esperando por ele. As sobrancelhas ergueram-se um pouco ao avistar o telegrama. Não era esperado.

Abriu-o com sua maneira usual, metódica e sem pressa. As palavras impressas destacavam-se com clareza.

"*O desfecho que previu no caso Kassner aconteceu inesperadamente, favor retornar de imediato.*"

– *Voilà ce qui est embêtant** – praguejou Poirot, contrariado. Ergueu o olhar para o relógio.

– Vou precisar partir esta noite – disse ao concierge. – A que horas sai o Simplon Oriente?

– Às 21h, monsieur.

– Pode me conseguir uma cabine?

– Seguramente, monsieur. Não há dificuldade nesta época do ano. Os trens estão quase vazios. Primeira ou segunda classe?

– Primeira.

– *Très bien, monsieur*. Até onde o senhor vai?

– Até Londres.

* "Que coisa irritante." Em francês no original. (N.E.)

– *Bien, monsieur.* Vou lhe conseguir um bilhete até Londres e reservar sua acomodação leito no comboio Istambul–Calais.

Poirot consultou o relógio mais uma vez. Faltavam dez minutos para as oito.

– Tenho tempo de jantar?

– Seguramente, monsieur.

O pequeno belga assentiu. Foi à recepção, cancelou o pedido do quarto e atravessou o saguão até o restaurante.

Enquanto fazia o pedido ao garçom, alguém pôs a mão em seu ombro.

– Ah! *Mon vieux*, mas que prazer inesperado – disse a voz atrás dele.

O interlocutor era um homem de idade, baixo e robusto com o cabelo cortado no estilo escovinha. Sorria com ar de deleite.

Poirot deu um salto.

– Monsieur Bouc.

– Monsieur Poirot.

Monsieur Bouc era belga, diretor da Compagnie Internationale des Wagons Lits, cuja amizade com aquela antiga estrela da Força Policial Belga datava de muitos anos.

– Está bem longe de casa, *mon cher* – disse monsieur Bouc.

– Um pequeno problema na Síria.

– Ah! E retorna para casa... quando?

– Esta noite.

– Esplêndido! Eu também. Melhor dizendo, vou até Lausanne, tenho negócios a tratar. Viaja no Simplon Oriente, presumo?

– Sim. Acabei de pedir uma cabine. Era minha intenção permanecer aqui por uns dias, mas recebi um telegrama chamando-me de volta à Inglaterra para resolver assuntos urgentes.

– Ah! – suspirou monsieur Bouc. – *Les affaires... les affaires*! Mas você… está no topo do mundo no momento, *mon vieux*!

– Um pouco de sucesso eu conquistei, talvez – Hercule Poirot tentou parecer modesto, mas fracassou solenemente.

Bouc riu.

– Então nos vemos mais tarde – disse.

Hercule Poirot dedicou-se à tarefa de manter os bigodes fora da sopa.

Tendo cumprido a difícil missão, olhou ao redor enquanto aguardava o próximo prato. Havia apenas meia dúzia de pessoas no restaurante, e, dentre aquela meia dúzia, apenas duas interessavam a Hercule Poirot.

Os dois estavam sentados a uma mesa não muito distante. O mais novo era um homem de aparência simpática, por volta de trinta anos, claramente americano. No entanto, não fora este, mas seu acompanhante que atraíra a atenção do pequeno detetive.

Era um homem que tinha entre sessenta e setenta anos. À distância, tinha o aspecto ameno de um filantropo. Sua cabeça levemente calva, a testa abobadada, a boca sorridente exibindo um conjunto muito branco de dentes falsos, tudo parecia representar uma personalidade benevolente. Apenas os olhos desmentiam a suposição. Eram pequenos, profundos e astuciosos. Mas não era só isso. Quando o homem, ao fazer algum comentário para o jovem acompanhante, examinou o entorno da sala, seu olhar se deteve em Poirot por um momento, e, por não mais de um segundo, havia ali uma estranha malevolência, uma tensão anormal no olhar.

Então se levantou.

– Pague a conta, Hector – disse.

A voz era um pouco rouca no timbre. Tinha uma qualidade estranha, macia, perigosa.

Quando Poirot reencontrou seu amigo no lobby, os outros dois estavam saindo do hotel. A bagagem estava sendo trazida para o térreo. O mais jovem supervisionava o processo. Em seguida, abriu a porta de vidro e disse:

– Quase tudo pronto, sr. Ratchett.

O mais velho rosnou uma aquiescência e passou.

– *Eh bien* – disse Poirot. – O que acha daqueles dois?

– São americanos – disse monsieur Bouc.

– Seguramente que são americanos. Estava me referindo ao que achava de suas personalidades?

– O mais jovem parecia bastante simpático.

– E o outro?

– Para dizer a verdade, meu amigo, não gostei dele. Causou em mim uma impressão desagradável. E você?

Hercule Poirot levou um momento para responder:

– Quando passou por mim no restaurante – disse por fim –, tive uma impressão curiosa. Foi como se um animal selvagem, um animal feroz, mas bestial mesmo! Entende... houvesse passado por mim.

– E, no entanto, ele parecia no conjunto uma das pessoas mais respeitáveis.

– *Précisément*! O corpo... a jaula... reúne tudo de mais respeitável... mas por trás das barras, a fera bestial olha para fora.

– É imaginativo, *mon vieux* – declarou monsieur Bouc.

– Pode ser. Mas não consigo me livrar da impressão de que a maldade passou muito perto de mim.

– Aquele cavalheiro americano respeitável?

– Aquele cavalheiro americano respeitável.

– Bem – disse monsieur Bouc em tom jovial. – Pode ser. Há muita maldade no mundo.

Naquele momento, a porta se abriu, e o concierge foi em direção aos dois. Parecia preocupado e constrangido.

– É extraordinário, monsieur – disse a Poirot. – Não há sequer um leito de primeira classe disponível no trem.

– *Comment*? – exclamou monsieur Bouc. – Nesta época do ano? Ah, sem dúvida há algum grupo de jornalistas... de políticos...?

– Não sei, senhor – comentou o concierge, dirigindo-se a ele com todo o respeito. – Mas essa é a situação.

– Bem, bem – monsieur Bouc virou-se para Poirot. – Não tema meu amigo. Vamos arranjar alguma coisa. Há sempre uma cabine, a 16, que nunca é reservada. O condutor cuida disso! – sorriu e, então, consultou o relógio. – Venha! Está na hora de partirmos.

Na estação, monsieur Bouc foi saudado com presteza pelo condutor de uniforme marrom da Wagon Lit.

– Boa noite, monsieur. Sua cabine é a número 1.

Chamou os carregadores, e estes empurraram as bagagens até a metade do vagão, onde as plaquetas de lata anunciavam o destino:

ISTAMBUL TRIESTE CALAIS

– Estão lotados esta noite, ouvi dizer?

– É inacreditável, monsieur. O mundo inteiro decidiu viajar esta noite!

– Mesmo assim, precisa encontrar um lugar para este cavalheiro aqui. É meu amigo. Pode ficar na cabine 16.

– Está ocupada, monsieur.

– O quê? O número 16?

Os dois trocaram um olhar de entendimento, e o condutor sorriu. Era um homem alto, pálido, de meia-idade.

– Mas sim, monsieur. Como lhe disse, estamos lotados... lotados... tudo lotado.

– Mas o que se passa? – exigiu monsieur Bouc, enfurecido. – Há alguma conferência em algum lugar? É uma festa?

– Não, monsieur. Puro acaso. Aconteceu apenas que muita gente resolveu viajar na noite de hoje.

Monsieur Bouc produziu um estalido de irritação.

– Em Belgrado – falou – temos o acréscimo do vagão de Atenas. Também há o vagão de Bucareste–Paris, mas só chegaremos a Belgrado amanhã à noitinha. O problema é esta noite. Não há nenhum leito desocupado na segunda classe?

– Temos *um* leito na segunda classe, monsieur...

– Bem, então...

– Mas é um beliche de senhoras. Há uma senhora alemã acomodada na cabine, uma dama de companhia.

– *Là, là*, que complicado – disse monsieur Bouc.

– Não se aflija, meu amigo – disse Poirot. – Vou viajar em um vagão comum.

– De jeito nenhum. De jeito nenhum – voltou-se mais uma vez ao condutor. – Já chegou todo mundo?

– É verdade – disse o homem – que há um passageiro que ainda não chegou.

Falou devagar e com hesitação.

– Mas diga então?

– Leito número 7, da segunda classe. O cavalheiro ainda não chegou e já são 20h56.

– Quem é ele?

– Um inglês – o condutor consultou a lista. – Um tal sr. Harris.

– O nome é um bom sinal – disse Poirot. – Leio Dickens. Esse sr. Harris não vai chegar.

– Ponha a bagagem de monsieur no número 7 – falou Monsieur Bouc. – Se esse sr. Harris chegar, então lhe informaremos que chegou tarde demais, que os leitos não podem ser reservados por tanto tempo. Vamos resolver a questão de um jeito ou de outro. E eu lá me importo com algum sr. Harris?

– Como monsieur desejar – disse o condutor.

Falou com o carregador de Poirot, indicando-lhe para onde ir.

Então abriu passagem nos degraus para que Poirot embarcasse.

– *Tout à fait au bout, monsieur* – explicou. – A penúltima cabine ao fundo.

Poirot foi passando pelo corredor, um progresso um tanto lento, já que a maioria dos viajantes estava de pé do lado de fora de suas cabines.

Enunciava seus educados *pardons* com pontualidade suíça. Por fim, alcançou a cabine indicada. Em seu interior, ajeitando uma mala, estava o jovem e alto americano do Tokatlian.

Ele franziu o rosto assim que Poirot entrou.

– Desculpe-me – falou. – Acho que o senhor se enganou.

Então, repetiu com dificuldade em francês:

– *Je crois que vous avez un erreur.*

Poirot respondeu em inglês.

– O senhor é o sr. Harris?

– Não, meu nome é MacQueen. Eu...

Mas, naquele momento, a voz do condutor se fez ouvir por sobre o ombro de Poirot. O tom era constrangido e um tanto sem fôlego.

– Não há nenhum outro beliche no trem, monsieur. Este cavalheiro precisa viajar aqui.

Ele fechava a janela do corredor enquanto falava e começou a erguer a bagagem de Poirot.

Poirot achou certa graça ao perceber, no tom de voz dele, um pedido de desculpas. Sem dúvida, fora-lhe prometida uma boa gorjeta se conseguisse manter a cabine para uso exclusivo do outro passageiro. Contudo, mesmo a mais magnânima das gorjetas perde seu efeito quando o diretor da empresa está a bordo dando ordens.

O condutor emergiu da cabine depois de levantar todas as malas, ajeitando-as nos compartimentos superiores.

– *Voilà monsieur* – declarou. – Tudo organizado. Seu beliche é o de cima, número 7. Partimos dentro de um minuto.

Saiu apressado pelo corredor. Poirot entrou de novo na cabine.

– Um fenômeno que vi em raras ocasiões – disse com ar animado. – O próprio condutor da Wagon Lit arrumando as bagagens! Onde já se viu!

O companheiro de viagem sorriu. Era evidente que superara sua irritação; provavelmente decidiu que não adiantava nada encarar a situação por um viés que não o filosófico.

– O trem está com uma lotação excepcional – comentou.

O apito soou, houve um longo e melancólico ruído do motor. Ambos saíram para o corredor.

Do lado de fora, uma voz gritou.

– *En voiture.*

– Partimos – disse MacQueen.

Mas não haviam partido ainda de verdade. O apito soou de novo.

– Digo, senhor – falou o rapaz de repente –, se preferir ficar com a cama de baixo, se for mais fácil e tudo o mais, por mim tudo bem.

– Não, não – protestou Poirot. – Não gostaria de lhe privar de...

– Está tudo certo...

– É muito amável...

Protestos educadíssimos dos dois lados.

– É por uma noite apenas – explicou Poirot. – Em Belgrado...

– Ah, entendo. Está descendo em Belgrado...

– Não exatamente. Veja bem...

Houve uma arrancada súbita. Ambos foram à janela contemplar a longa plataforma iluminada que passava por eles devagar.

O Expresso Oriente dera início a sua viagem de três dias atravessando a Europa.

Capítulo 3

Poirot recusa um caso

Hercule Poirot estava um pouco atrasado ao entrar no vagão do almoço no dia seguinte. Acordara cedo, tomara o café quase que sozinho e passara a manhã revisando as anotações do caso que o estava chamando de volta para Londres. Vira pouco de seu companheiro de viagem.

Monsieur Bouc, que já estava acomodado em uma mesa, fez um gesto de saudação e chamou o amigo para o lugar vago ao seu lado. Poirot sentou-se e logo se descobriu na posição mais favorecida da mesa, a qual era servida primeiro e com as melhores escolhas de cortes. A comida também estava melhor que de costume.

Foi apenas quando estavam comendo um delicado queijo cremoso que monsieur Bouc permitiu que sua atenção fosse para assuntos não referentes à nutrição. Estava naquele estágio da refeição no qual as pessoas começam a filosofar.

– Ah! – suspirou. – Se eu tivesse a pena de um Balzac! Registraria essa cena.

Fez um aceno com a mão.

– É uma ideia – disse Poirot.

– Ah, concorda? Ainda não fizeram, creio? E, ainda assim, a cena se presta para um romance, meu amigo. Ao nosso redor, há pessoas de todas as classes, nacionalidades e de todas as idades. Por três dias, essas pessoas, estranhas entre si, são reunidas num só lugar. Comem e dormem sob o mesmo teto, não podem fugir umas das outras. Ao final de três dias, despedem-se, cada uma segue o seu caminho, talvez para nunca tornarem a se ver.

– E mesmo assim – disse Poirot –, suponha que um acidente...

– Ah, não, meu amigo...

– Do seu ponto de vista seria lastimável, concordo. Mas, apesar disso, vamos nos permitir supor por um instante. Então, quem sabe, todos estes que aqui estão seriam conectados... pela morte.

– Um pouco mais de vinho – disse monsieur Bouc, em tom apressado, já servindo. – Como é mórbido, *mon cher*. Talvez, quem sabe, seja sua digestão.

– É verdade – concordou Poirot – que a comida na Síria não era, talvez, muito adequada ao meu estômago.

Bebericou seu vinho. Então, reclinando-se, correu o olhar pelo vagão-restaurante. Havia treze pessoas sentadas ali e, como dissera monsieur Bouc, de todas as classes e nacionalidades. Começou a estudá-las.

Na mesa oposta à deles havia três homens. Eram, ele supunha, viajantes solitários, classificados e sentados ali pelo julgamento infalível dos atendentes do restaurante. Um italiano grande, moreno, palitava os dentes com afinco. Do outro lado, um inglês econômico, ajeitado, tinha o rosto inexpressivo e reprovador do criado bem treinado. Ao lado do inglês estava um americano grandalhão com um terno chamativo, possivelmente um caixeiro-viajante.

– Precisa fazer com *estardalhaço* – dizia ele em um timbre alto e anasalado.

O italiano removeu o palito de dentes para gesticular à vontade com ele.

– Claro – disse. – É o que digo *tutto il tempo.*

O inglês olhou pela janela e tossiu.

O olhar de Poirot seguiu adiante.

Em uma pequena mesa, sentada em posição muito ereta, estava uma das velhinhas mais feias que ele já vira na vida. Era uma feiura com distinção; fascinava em vez de repelir. Estava muito aprumada. Ao redor do pescoço, tinha um colar de pérolas enormes que, por mais improvável que pudesse parecer, eram verdadeiras. As mãos estavam cobertas de anéis. Seu casaco de zibelina estava repuxado sobre os ombros. O chapéu preto na cabeça, pequeníssimo e caro, caía pessimamente mal com o rosto esmaecido de sapo logo abaixo.

Ela então falou com o atendente do restaurante usando um tom claro, cortês, mas completamente autocrático.

– Será amável o bastante para pôr em minha cabine uma garrafa de água mineral e um copo grande de suco de laranja. Arranje para que eu tenha frango cozido sem molho para comer no jantar e também um pouco de peixe fervido.

O atendente respondeu respeitoso que aquilo seria feito.

Ela fez uma leve menção graciosa com a cabeça e levantou-se. Seu olhar encontrou o de Poirot e desviou com a frieza displicente de uma aristocrata.

– É a princesa Dragomiroff – disse monsieur Bouc em voz baixa. – É russa. O marido juntou todo o seu dinheiro antes da Revolução e investiu no estrangeiro. É extremamente rica. Uma cosmopolita.

Poirot assentiu. Já ouvira falar da princesa Dragomiroff.

– É uma personalidade – disse monsieur Bouc. – Feia como um raio, mas se faz notar. Concorda?

Poirot concordou.

Em outra das mesas grandes, Mary Debenham estava sentada com mais duas mulheres. Uma delas era alta, de meia-idade, com uma blusa xadrez e saia de tweed. Tinha uma massa de cabelos amarelados e sem viço, arrumados em um grande coque que não lhe caía bem, usava óculos e tinha um rosto longo, suave, lembrando muito o de uma ovelha. Estava ouvindo o que contava a terceira, uma mulher mais velha, corpulenta, de rosto agradável, que falava em um tom monótono e límpido sem dar sinais de qualquer pausa para respirar ou de terminar o assunto.

– ...E então minha filha disse: "Ora, não pode aplicar métodos americanos neste país. É natural que as pessoas daqui sejam indolentes", ela disse. "Simplesmente não têm a mesma pressa." Mas mesmo assim ficariam surpresas ao saber o que nossa faculdade está fazendo lá. Conseguiram um bom time de professores. Acho que não há nada como a educação. Temos de aplicar nossos ideais ocidentais e ensinar o Oriente a reconhecê-los. Minha filha diz...

O trem mergulhou em um túnel. A voz calma e monótona foi abafada.

Na mesa ao lado, que era pequena, estava o coronel Arbuthnot, sozinho. Seu olhar fitava a nuca de Mary Debenham. Não estavam sentados juntos. Ainda assim, isso poderia ter sido facilmente arranjado. Por quê?

Talvez, pensou Poirot, Mary Debenham tenha objetado. Uma governanta aprende a ser cuidadosa. As aparências são importantes. Uma moça que precisa ganhar a vida trabalhando deve ser discreta.

O olhar dele passou para o lado oposto do vagão. Na ponta, contra a parede, estava uma mulher de meia-idade vestida de preto com um rosto largo e inexpressivo. Alemã ou escandinava, pensou. Provavelmente era a dama de companhia alemã.

Depois dela, vinha um casal conversando animadamente sobre a mesa. O homem vestia roupas inglesas de tweed, mas não era inglês. Embora apenas a parte de trás da cabeça estivesse visível, o formato e o conjunto dos ombros traíam-lhe. Um homem grande, bem-feito. Virou a cabeça de repente, e Poirot viu seu perfil. Um homem muito bonito, com mais de trinta anos, e um grande bigode claro.

A mulher diante dele não passava de uma garota, vinte anos, arriscou. Um casaquinho e saia pretos bem ajustados, blusa branca de cetim, chapéu pequeno e chique, encarapitado em um ângulo inusitado e moderno. Tinha um rosto lindo e de aparência estrangeira, pele de um branco lívido, grandes olhos castanhos, cabelos preto ônix. Fumava um cigarro em uma longa piteira. A manicure feita revelava unhas de vermelho profundo. Usava uma grande esmeralda engastada em platina. Tinha uma alegria no olhar e na voz.

– *Elle est jolie, et chic* – murmurou Poirot. – Marido e mulher, hein?

Monsieur Bouc assentiu.

– Embaixada húngara, creio – falou. – Um bonito casal.

Havia mais dois comensais: o companheiro de viagem de Poirot, MacQueen, e seu empregador, sr. Ratchett. Este último estava sentado de frente para Poirot, que, pela segunda vez, estudou aquela face despretensiosa, reparando na falsa benevolência do cenho e nos pequenos olhos cruéis.

Sem dúvida, monsieur Bouc percebeu a mudança na expressão do amigo.

– É para seu animal selvagem que está olhando? – perguntou.

Poirot assentiu.

Quando o café foi trazido, monsieur Bouc se pôs de pé. Como começara antes de Poirot, terminara de comer há algum tempo.

– Vou retornar à minha cabine – avisou. – Venha em seguida para conversar comigo.

– Com prazer.

Poirot bebeu o café e pediu um licor. O atendente estava passando de mesa em mesa com o caixote de dinheiro, recebendo o pagamento das contas. A voz da americana mais velha levantou-se estridente e queixosa.

– Minha filha disse: "Leve uma cartela de vales-refeição e não terá problema nenhum, problema nenhum". Agora, não é bem assim. Parece que sempre é preciso dar uma gorjeta de dez por cento, e então tem aquela garrafa de água mineral... e um tipo estranho de água também. Não tem nenhuma Evian ou Vichy, o que acho esquisito.

– É que precisam... como se diz, servir a água do país – explicou a senhora de cara de ovelha.

– Bom, eu acho esquisito. – Ela olhou desgostosa para a pilha de trocados na mesa. – Vejam essa coisa peculiar que me deram. Dinares ou qualquer coisa. Parece um monte de refugo. Minha filha disse...

Mary Debenham empurrou a cadeira para trás e saiu fazendo uma discreta cortesia às outras duas. Coronel Arbuthnot levantou-se e a seguiu. Juntando o dinheiro desprezado, a senhora americana saiu na sequência, seguida pela senhora que lembrava uma ovelha. Os húngaros já haviam se retirado. O vagão-restaurante estava vazio, exceto por Poirot, Ratchett e MacQueen.

Ratchett pronunciou algo a seu companheiro, que se levantou e deixou o vagão. Então, ele próprio se ergueu, porém, em vez de seguir MacQueen, aterrissou, inesperadamente, no assento diante de Poirot.

– Por obséquio, o senhor tem fogo? – perguntou. A voz era suave, com leve timbre anasalado. – Meu nome é Ratchett.

Poirot o cumprimentou com discrição. Enfiou a mão no bolso e retirou uma caixa de fósforos que entregou ao outro, o qual a apanhou, mas não riscou um palito.

– Acredito – prosseguiu – que tenho o prazer de estar falando com o sr. Hercule Poirot. É isso?

Poirot inclinou a cabeça mais uma vez.

– Foi informado corretamente, monsieur.

O detetive estava ciente dos estranhos olhos astutos analisando-o por completo antes que o outro voltasse a falar.

– No meu país – declarou –, vamos direto ao ponto. Sr. Poirot, quero contratá-lo para fazer um serviço para mim.

As sobrancelhas de Hercule Poirot se elevaram.

– Minha *clientèle*, monsieur, é limitada hoje em dia. Aceito pouquíssimos casos.

– Ora, naturalmente, compreendo. Mas este, sr. Poirot, envolve um bom dinheiro – e repetiu mais uma vez com a voz mansa e persuasiva: – Um bom dinheiro.

Hercule Poirot ficou em silêncio por um ou dois minutos. Então disse:

– O que deseja que faça para o senhor, sr., hã... Ratchett?

– Sr. Poirot, sou um homem rico, um homem muito rico. Homens na minha posição têm inimigos. Tenho um inimigo.

– Apenas um?

– O que está insinuando com essa pergunta? – inquiriu Ratchett, ríspido.

– Monsieur, na minha experiência, quando um homem se encontra em uma posição de ter, como disse, inimigos, logo, de maneira geral, não se resume a apenas um.

Ratchett pareceu aliviado com a resposta de Poirot. Foi logo dizendo:

– Ora, sim, compreendo sua colocação. Inimigo ou inimigos, não importa. O que importa é a minha segurança.

– Segurança?

– Minha vida foi ameaçada, sr. Poirot. Agora sou um homem que sabe se cuidar muito bem.

Do bolso do casaco, retirou uma pequena pistola automática, mostrando-a por um instante. Ele prosseguiu de modo lúgubre:

– Não acho que sou do tipo de homem que é apanhado dormindo no ponto. Mas, pelo que vejo, posso muito bem redobrar minhas garantias. Imagino que o senhor seja o homem certo para o trabalho, sr. Poirot. E lembre-se... um *bom* dinheiro.

Poirot olhou pensativo para ele por alguns minutos. Seu rosto estava totalmente inexpressivo. O outro não obteria nenhum indício de que pensamentos passavam por sua cabeça.

– Lamento, monsieur – falou devagar. – Não posso aceitar.

O outro o encarou com sagacidade.

– Diga o valor, então – propôs.

Poirot balançou a cabeça.

– Não está compreendendo, monsieur. Tenho sido muito feliz na minha profissão. Ganhei dinheiro suficiente para satisfazer tanto minhas necessidades quanto meus caprichos. Agora aceito apenas casos conforme... sejam de meu interesse.

– Tem muita audácia – declarou Ratchett. – Vinte mil dólares podem tentá-lo?

– Não.

– Se está blefando para conseguir me arrancar mais, porém não vai levar. Sei o valor que algo tem para mim.

– Eu também... sr. Ratchett.

– O que há de errado na minha proposta?

Poirot levantou-se.

– Perdoe-me por ser tão subjetivo; não vou com a sua cara, sr. Ratchett – declarou.

E, com isso, deixou o vagão.

Capítulo 4

Um grito na noite

O Simplon Expresso Oriente chegou a Belgrado às quinze para as nove naquela noite. Não estava programado para partir antes das 21h15, então Poirot desceu para a plataforma. Contudo, não permaneceu lá por muito tempo. O frio era cruel e, embora a plataforma em si fosse protegida, uma neve pesada caía do lado de fora. Retornou à sua cabine. O condutor, que estava na plataforma batendo os pés e movendo os braços para se manter aquecido, lhe falou:

– Suas valises foram transferidas, monsieur, para a cabine número 1, de monsieur Bouc.

– E onde está monsieur Bouc?

– Ele se mudou para o carro que veio de Atenas e que acaba de ser atrelado.

Poirot saiu à procura de seu amigo. Monsieur Bouc desconsiderou seus protestos.

– Não é nada. Não é nada. É mais conveniente desse jeito. Você vai até a Inglaterra, então é melhor que fique no carro que vai até Calais. Estou muito bem-acomodado aqui. É muito tranquilo. Este carro está vazio, exceto por mim e um doutorzinho grego. Ah, meu amigo, que noite! Dizem que não cai tanta neve assim há muitos anos. Vamos torcer para que não fiquemos presos. Não estou muito feliz com a situação, posso lhe adiantar.

Às 21h15, pontualmente, o trem partiu da estação. Pouco depois, Poirot levantou, deu boa-noite ao amigo e percorreu o caminho de volta a seu vagão, que era o primeiro depois do restaurante.

Naquele que era o segundo dia de viagem, as barreiras começavam a desmoronar. Coronel Arbuthnot estava parado na porta de sua cabine conversando com MacQueen.

MacQueen interrompeu o que dizia ao ver Poirot. Pareceu muito surpreso.

– Ora – exclamou –, pensei que havia nos abandonado. Disse que estava descendo em Belgrado.

– O senhor me entendeu mal – disse Poirot, sorrindo.

– Agora lembro, o trem deu a partida de Istambul bem na hora em que falávamos disso.

– Mas, homem, sua bagagem... ela desapareceu.

– Foi transferida para outra cabine, só isso.

– Ah, entendo.

Retomou o assunto com Arbuthnot, e Poirot seguiu pelo corredor.

Duas portas antes de chegar à sua cabine, a americana idosa, sra. Hubbard, estava parada conversando com a senhora com cara de ovelha, que era sueca. A sra. Hubbard empurrava-lhe uma revista.

– Por favor, aceite, minha querida – dizia. – Tenho material de leitura suficiente. Nossa, este frio não está aterrorizante?

Fez um aceno amigável para Poirot.

– A senhora é muito gentil – disse a sueca.

– De modo algum. Espero que durma bem e que sua cabeça esteja melhor pela manhã.

– É apenas frio. Agora preparo minha xícara de chá.

– Tem alguma aspirina? Tem certeza mesmo? Tenho várias. Bem, boa noite, minha querida.

Voltou-se para Poirot, puxando conversa, assim que a outra partiu.

– Pobre criatura, é sueca. Pelo que entendi é uma espécie de missionária, do tipo que ensina. Uma boa criatura, mas não fala muito inglês. Estava *interessadíssima* no que relatei sobre minha filha.

Poirot, àquela altura, já sabia tudo sobre a filha da sra. Hubbard. Todos que entendessem inglês no trem sabiam! Como ela e o marido faziam parte dos profissionais de alguma grande faculdade americana em Esmirna, como aquela era a primeira viagem de sra. Hubbard para o Oriente e o que ela achava dos turcos com seus modos desleixados e a condição de suas estradas.

A porta ao lado se abriu, e um criado magro e pálido saiu para o corredor. Dentro, Poirot viu de relance o sr. Ratchett sentado na cama. Ele avistou Poirot, e sua expressão mudou, obscurecendo-se de raiva. Então a porta foi fechada.

A sra. Hubbard puxou Poirot um pouco para o lado.

– O senhor sabe, tenho um medo mortal daquele homem. Oh, não do lacaio, do outro, o patrão. Um patrão, pois sim! Há algo *errado* com aquele homem. Minha filha sempre diz que sou muito intuitiva: "Quando mamãe tem um pressentimento, é tiro e queda", é o que ela diz. E tenho um pressentimento sobre esse homem. É meu vizinho de porta, e não gosto disso. Passei as trancas na porta que faz a comunicação entre as cabines ontem à noite. Pensei ter ouvido alguém mexer na maçaneta. O senhor sabe, não ficaria surpresa se aquele homem se revelar um assassino, um desses ladrões de trem sobre os quais a gente lê. Arrisco dizer que estou sendo insensata, mas aí está. Estou honestamente com medo do homem! Minha filha disse que eu faria uma viagem tranquila, mas por algum motivo não me sinto contente com isso. Pode ser tolice, mas sinto que algo pode acontecer. Qualquer coisa. E como é que aquele rapaz bonzinho aguenta ser secretário dele não sei dizer.

Coronel Arbuthnot e MacQueen aproximavam-se pelo corredor.

– Venha até minha cabine – MacQueen dizia. – Ainda não está preparado para a noite. Agora, o que quero entender sobre as políticas implantadas na Índia é o seguinte...

Os dois passaram e seguiram pelo corredor até a cabine de MacQueen.

A sra. Hubbard deu boa-noite a Poirot.

– Acho que vou direto para a cama ler – declarou. – Boa noite.

– Boa noite, madame.

Poirot passou para sua própria cabine, que era a próxima depois da de Ratchett. Despiu-se e foi para a cama, leu por uma meia hora e então apagou a luz.

Acordou algumas horas mais tarde com um susto. Sabia o que o despertara: um gemido alto, quase um grito, em algum lugar bem perto. Na mesma hora, o tilintar de uma campainha soou agudo.

Poirot sentou-se e acendeu a luz. Notou que o trem estava parado; presumia-se que em alguma estação.

Aquele grito o assustara. Lembrou que era Ratchett quem estava na cabine ao lado. Levantou da cama e abriu a porta no mesmo instante em que o condutor da Wagon Lit veio correndo pelo corredor e bateu na porta de Ratchett. Poirot manteve uma fresta de sua porta aberta e assistiu a tudo. O condutor bateu uma segunda vez. Uma sineta tocou, e uma luz iluminou outra porta mais adiante. O condutor espiou por cima do ombro.

No mesmo momento, a voz de dentro da cabine ao lado exclamou:

– *Ce n'est rien. Je me suis trompé.**

– *Bien, monsieur.*

O condutor saiu novamente apressado para bater na porta onde havia luz.

Poirot retornou para a cama com a cabeça aliviada e desligou a luz. Consultou o relógio de pulso. Faltavam 23 minutos para a uma hora da manhã.

---

* "Não foi nada. Me enganei." Em francês no original. (N.E.)

Capítulo 5

O crime

Ele encontrou dificuldades para pegar de novo no sono. Por um lado, sentia falta do movimento do trem. Se lá fora era uma *estação*, estava curiosamente silenciosa. Por contraste, os barulhos dentro do trem pareciam de um volume incomum. Podia escutar o movimento de Ratchett na cabine ao lado; um clique quando ele baixou a pia, o som da torneira correndo, a água salpicando, então outro clique quando a pia foi novamente fechada. Soaram passos no corredor, era o andar arrastado de alguém usando chinelos.

Hercule Poirot ficou acordado olhando para o teto. Por que a estação lá fora estava tão quieta? Sua garganta estava seca. Esquecera-se de pedir sua habitual garrafa de água mineral. Consultou o relógio de novo. Pouco depois da uma e quinze. Chamaria o condutor para pedir um pouco de água mineral. O dedo foi até a campainha, mas parou quando ouviu, em pleno silêncio, um tilintar. O homem não poderia atender a todas as sinetas ao mesmo tempo.

Trim... trim... trim...

Soou uma e outra vez. Onde andava o homem? Alguém estava ficando impaciente.

Triiiim...

Quem quer que fosse estava com o dedo grudado no botão da campainha.

De repente, apressados, os passos ecoaram no corredor. O atendente viera. Bateu em uma porta não muito distante da de Poirot.

Ouviu vozes, a do condutor, com deferência, desculpando-se, e uma de mulher, insistente e volúvel.

A sra. Hubbard.

Poirot sorriu consigo.

A discussão, caso aquilo se classificasse como uma, prosseguiu por algum tempo. As proporções consistiam em noventa por cento por parte de sra. Hubbard contra os apaziguadores dez por cento do condutor. Por fim, a questão pareceu ter sido resolvida. Poirot ouviu com clareza:

– *Bonne nuit, madame* – e uma porta fechando-se.

Pressionou seu próprio dedo na campainha.

O condutor respondeu prontamente. Parecia suado e preocupado.

– *De l'eau minerale, s'il vous plaît.*

– *Bien, monsieur.*

Talvez um brilho no olhar de Poirot o tenha levado a desabafar.

– *La dame americaine...*

– Pois não?

Secou o suor da testa.

– O senhor não imagina o que passei com ela! Insiste... mas *insiste*... que tem um homem na cabine dela! O senhor pense, monsieur. Em um espaço deste tamanho – fez um gesto com a mão. – Onde se esconderia? Argumento com ela. Assinalo que é impossível. Ela insiste. Acordou e havia um homem lá. E como, pergunto, ele teria saído e deixado a porta trancada atrás de si? Mas ela não quer saber de bom senso. Como se já não tivéssemos o suficiente com que nos preocupar. Esta neve...

– Neve?

– Mas sim, monsieur. Não percebeu? O trem parou. Deparamos com um banco de neve. Só Deus sabe quanto tempo vamos ficar empacados aqui. Lembro-me de uma vez ficarmos presos na neve por sete dias.

– Onde estamos?

– Entre Vincovci e Brod.

– *Là, là* – praguejou Poirot contrariado.

O homem se retirou e retornou com a água.

– *Bon soir, monsieur.*

Poirot bebeu o copo e ajeitou-se para dormir.

Estava quase adormecendo quando algo novamente o despertou. Dessa vez, era como se algo pesado houvesse caído contra a porta com um estrondo.

Saltou da cama, abriu a porta e olhou para fora. Nada. Mas à sua direita, um pouco adiante no corredor, uma mulher enrolada em um quimono escarlate afastava-se. Na outra ponta, sentado em seu banquinho, o condutor anotava números em folhas grandes de papel. Tudo era de um silêncio mortal.

– Decididamente estou num estado de nervos – disse Poirot e retirou-se para a cama. Então, dormiu até de manhã.

Quando acordou, o trem permanecia parado. Levantou a persiana e espiou para fora. Pesados bancos de neve cercavam o trem.

Consultou o relógio e viu que passavam das nove horas.

Às quinze para as dez, arrumado, asseado e afetado como nunca, percorreu o trajeto até o vagão-restaurante, onde um coro de aflições estava reunido.

Quaisquer barreiras que um dia existiram entre os passageiros haviam agora caído por terra. Todos estavam unidos em um infortúnio comum. A sra. Hubbard era a mais ruidosa em suas lamentações.

– Minha filha disse que seria a coisa mais simples do mundo. Era só ficar sentada no trem até chegar a Parro. Mas agora podemos ficar aqui por dias e dias – pranteava. – E meu navio parte depois de amanhã. Como vou pegá-lo agora? Ai de mim, não posso nem sequer mandar um telegrama cancelando minha passagem. Estou furiosa demais para falar a respeito.

O italiano disse que ele mesmo também tinha negócios urgentes em Milão. O americano grandalhão acrescentou que era "uma pena, madame" e, para tranquilizá-la, manifestou esperanças de que o trem pudesse compensar o tempo.

– Minha irmã, os filhos dela me esperam – disse a senhora sueca chorando. – Não os aviso. Que vão pensar? Vão dizer que alguma coisa ruim aconteceu comigo.

– Por quanto tempo vamos ficar presos aqui? – exigiu Mary Debenham. – Alguém *sabe*?

A voz dela soava impaciente, mas Poirot percebeu que não havia sinais daquela ansiedade quase febril que demonstrara durante o atraso do Expresso Tauro.

A sra. Hubbard irrompeu de novo.

– Ninguém sabe de nada neste trem. E ninguém está tentando resolver nada. É uma penca de estrangeiros inúteis. Oras, se fosse no meu país, haveria alguém ao menos tentando *fazer* alguma coisa.

Arbuthnot virou-se para Poirot e falou em cuidadoso francês britânico.

– *Vous êtes un directeur de la ligne, je crois, monsieur. Vous pouvez nous dire...**

Sorrindo, Poirot o corrigiu.

– Não. Não – disse em inglês. – Não sou eu. Está me confundindo com meu amigo, monsieur Bouc.

– Oh! Sinto muito.

– De modo algum. É muito natural. Estou agora na cabine que antes era dele.

Monsieur Bouc não estava presente no restaurante. Poirot examinou ao redor para reparar em quem mais estava ausente.

A princesa Dragomiroff estava faltando, assim como o casal húngaro. Também Ratchett, seu criado e a dama de companhia alemã.

A sueca limpou as lágrimas.

– Sou uma tonta – disse. – Chorando como um bebê. Tudo se ajeitará, o que quer que aconteça.

Aquele espírito cristão, entretanto, estava longe de ser compartilhado.

– Está muito bem – disse MacQueen inquieto. – Pode ser que fiquemos aqui por dias.

– Que país é este mesmo? – perguntou a sra. Hubbard de maneira lacrimosa.

Ao lhe informarem que era Iugoslávia, comentou.

– Oh! Uma dessas coisas Bálcãs. Estávamos esperando o quê?

– A senhorita é a única com paciência, mademoiselle – disse Poirot para a srta. Debenham.

Ela deu levemente de ombros.

---

* "Creio que o senhor seja um dos diretores da companhia. Pode nos dizer..." Em francês no original. (N.E.)

– O que se pode fazer?

– É uma filósofa, mademoiselle.

– Isso implica uma atitude desapegada. Acho que minha atitude é mais egoísta. Aprendi a me poupar de emoções inúteis.

Ela nem sequer olhava para ele. Sua mirada passava além de sua figura, para fora da janela, onde a neve se acumulava em pesados montes.

– Tem um caráter forte, mademoiselle – disse Poirot com gentileza. – É, acredito, a personalidade mais forte dentre todos nós.

– Oh, não. Não mesmo. Conheço uma muito, muito mais forte do que eu.

– E quem é essa pessoa?

Pareceu de repente voltar a si, percebendo que falava com um estranho, além de tudo estrangeiro, com o qual, até aquela manhã, trocara apenas meia dúzia de frases.

Riu um riso educado, mas distante.

– Bem, aquela velha, por exemplo. Provavelmente reparou nela. Uma mulher muito feia, mas bastante fascinante. Precisa apenas levantar o mindinho e pedir por algo com a voz polida... e o trem inteiro corre para atender.

– Também correm para meu amigo monsieur Bouc – disse Poirot. – Mas isso porque ele é diretor da linha, não porque tenha uma personalidade dominadora.

Mary Debenham sorriu.

A manhã passou. Várias pessoas, dentre elas Poirot, permaneceram no restaurante. A vida comunitária era percebida, naquele momento, como uma ajuda para passar melhor o tempo. Ouviu muito mais histórias sobre a filha da sra. Hubbard e sobre os hábitos de uma vida inteira do sr. Hubbard, já falecido, desde que acordava de manhã e começava o desjejum comendo cereal, até seu repouso noturno, usando as meias de dormir que a própria sra. Hubbard tinha o hábito de tricotar para ele.

Foi então, enquanto ouvia os relatos confusos dos objetivos missionários da senhora sueca, que um dos condutores da Wagon Lit entrou no vagão e parou ao seu lado.

– *Pardon, monsieur.*

– Pois não?

– Venho em nome de monsieur Bouc, que ficaria grato se o senhor pudesse ir ter com ele por alguns minutos.

Poirot levantou-se, balbuciou desculpas à senhora sueca e acompanhou o homem para fora do restaurante.

Não era o seu próprio condutor, mas um homem grande e claro.

Seguiu seu guia pelo corredor de seu próprio carro e continuou pelo corredor do próximo. O homem bateu em uma porta, então se parou de lado para dar passagem a Poirot.

A cabine não era do próprio monsieur Bouc. Era de segunda classe – escolhida, presumiu, pelo tamanho um pouco maior. Era certo que dava a impressão de estar cheia.

O próprio monsieur Bouc estava sentado na poltrona pequena do canto. No canto da janela, de frente para ele, estava um homem pequeno e escuro, contemplando a neve. De pé, de modo a impedir que Poirot avançasse um passo a mais que fosse, estava um homenzarrão de uniforme azul (o *chef de train*) e seu próprio condutor da Wagon Lit.

– Ah, meu bom amigo – clamou monsieur Bouc. – Entre. Precisamos do senhor.

O homenzinho na janela deslizou no assento. Poirot espremeu-se passando pelos outros dois e sentou-se de frente para o amigo.

A expressão no rosto de monsieur Bouc o levou, como ele próprio teria dito, a refletir furiosamente. Era evidente que ocorrera algo fora do comum.

– O que aconteceu? – perguntou.

– É uma boa pergunta. Primeiro esta neve, esta interrupção. E agora...

Fez uma pausa, e uma espécie de suspiro estrangulado foi emitido pelo condutor da Wagon Lit.

– E agora o quê?

– *E agora um passageiro foi descoberto morto em seu leito, apunhalado.*

Monsieur Bouc falou com uma espécie de calmo desespero.

– Um passageiro? Que passageiro?

– Um americano. Um homem chamado... chamado... – consultou algumas anotações que tinha diante de si. – Ratchett, é certo isso, Ratchett?

– Sim, monsieur – o homem da Wagon Lit engoliu em seco.

Poirot olhou para ele. Estava branco como giz.

– É melhor deixar o homem sentar – falou. – É capaz de desmaiar.

O *chef de train* deu lugar, e o funcionário da Wagon Lit afundou-se no canto, enterrando o rosto nas mãos.

– Brr! – exclamou Poirot. – Isso é grave!

– Certamente é grave. Para começar, um assassinato, isso por si só já é uma calamidade de primeira. Mas não apenas isso, as circunstâncias são incomuns. Estamos em meio a uma parada forçada. Pode ser que fiquemos presos por horas, e não só horas, dias! Outra circunstância. Ao passarmos pela maior parte dos países, temos a polícia daquele país a bordo. Mas não na Iugoslávia. Compreende?

– É uma situação de grande dificuldade – disse Poirot.

– O pior ainda está por vir. Dr. Constantine, esqueci de apresentá-los: dr. Constantine, monsieur Poirot.

O homenzinho escuro inclinou-se. Poirot retribuiu o cumprimento.

– O dr. Constantine é da opinião que a morte ocorreu por volta da uma hora da manhã.

– É difícil afirmar com exatidão essas coisas – disse o doutor –, mas acho que posso definitivamente dizer que a morte ocorreu entre meia-noite e duas da manhã.

– Quando este sr. Ratchett foi visto vivo pela última vez? – perguntou Poirot.

– Sabemos que estava vivo até em torno das vinte para a uma, quando falou com o condutor – disse monsieur Bouc.

– Isso é correto – disse Poirot. – Eu mesmo escutei o que se passava. Essa é a última informação de que se tem notícia?

– Sim.

Poirot voltou-se para o doutor, que continuou:

– A janela da cabine do sr. Ratchett foi encontrada escancarada, levando-nos a supor que o assassino escapou por ali. Porém, em minha opinião, a janela aberta é um engodo. Qualquer um que fugisse por ali teria deixado rastros nítidos na neve. Não havia nada.

– O crime foi descoberto... quando? – perguntou Poirot.

– Michel!

O condutor da Wagon Lit se recompôs. O rosto ainda parecia pálido e aterrorizado.

– Conte a esse cavalheiro exatamente o que aconteceu – ordenou monsieur Bouc.

O homem falou um tanto aos solavancos.

– O criado deste sr. Ratchett, ele bateu várias vezes à porta esta manhã. Não houve resposta. Então, meia hora atrás, veio o atendente do vagão-restaurante. Queria saber se monsieur ia tomar seu *déjeuner*. Já eram onze da manhã, compreendam.

"Abro a porta para ele com minha chave. Mas há também a corrente, que está trancada. Não houve resposta, e estava tudo muito silencioso ali, e frio... mas frio mesmo. Com a janela aberta e a neve soprando para dentro. Pensei que o cavalheiro talvez tivesse tido um ataque. Fui buscar o *chef de train*. Arrebentamos a corrente e entramos. Ele estava... *Ah! c'était terrible*!"

Enterrou o rosto nas mãos mais uma vez.

– A porta estava trancada e acorrentada por dentro – falou Poirot, pensativo. – Não foi suicídio, hein?

O doutor grego deu uma gargalhada sardônica.

– E um homem que comete suicídio vai se apunhalar em dez, doze, quinze lugares diferentes? – perguntou.

Os olhos de Poirot se arregalaram.

– Isso é uma ferocidade tremenda – disse.

– Foi mulher – disse o *chef de train*, pronunciando-se pela primeira vez. – Posso garantir que era mulher. Só uma mulher esfaquearia alguém desse jeito.

Dr. Constantine franziu o rosto, pensativo.

– Deve ter sido uma mulher muito forte – disse. – Não desejo falar em termos técnicos, porque isso serve apenas para confundir, mas posso lhes assegurar que um ou dois dos golpes foram desferidos com tal força a ponto de atravessar cinturões espessos de músculo e osso.

– Não foi, evidentemente, um crime científico – disse Poirot.

– Foi tudo, menos científico – completou o dr. Constantine. – Os golpes parecem ter sido aplicados a esmo, sem pensar. Alguns pegaram de raspão, mal causando qualquer dano. É como se alguém tivesse fechado os olhos e atacado às cegas, sem parar, em um frenesi.

– *C'ést une femme* – afirmou de novo o *chef de train*. – As mulheres são assim. Quando estão enraivecidas, têm uma força imensa.

Balançou o queixo com tal segurança que todos suspeitaram de que ele falava por experiência própria.

– Tenho, talvez, algo a contribuir com seu acervo de informações – disse Poirot. – Monsieur Ratchett falou comigo ontem. Ele contou, até onde pude compreender, que sua vida estava em perigo.

– "Queima de arquivo"; é essa a expressão americana, não é? – disse monsieur Bouc. – Então não é mulher. É um "gângster" ou "matador".

O *chef de train* aparentou desconsolo por sua teoria não ter dado em nada.

– Se for isso – declarou Poirot –, parece ter sido executado de maneira muito amadora.

Seu tom expressou uma desaprovação profissional.

– Há um americano grandalhão no trem – sugeriu monsieur Bouc, dando continuidade à sua ideia. – Um homem de aparência comum, com roupas horríveis. Masca chicletes, o que, acredito, não se faz nos melhores círculos. Sabem de quem estou falando?

O condutor da Wagon Lit, a quem ele apelou, assentiu.

– *Oui*, monsieur, do número 16. Mas não pode ter sido ele. Eu o teria visto entrando ou saindo da cabine.

– Pode ser que não. Pode ser que não. Mas entraremos nisso a seguir. A questão é: o que fazer? – olhou para Poirot.

Poirot devolveu o olhar.

– Vamos lá, meu amigo – incitou monsieur Bouc. – Compreende o que estou prestes a lhe pedir. Sei de seus poderes. Tome as rédeas desta investigação! Não, não, não recuse. Veja, para nós isso é sério... falo pela Compagnie Internationale des Wagons Lits. Quando enfim a polícia iugoslava chegar, será tão mais simples se pudermos apresentar-lhes uma solução! Caso contrário, atrasos, aborrecimentos, mais um milhão de inconveniências. Talvez, quem sabe, aborrecimentos sérios para pessoas inocentes. Em lugar disso: *você* resolve o mistério! Diremos: "Ocorreu um assassinato; *este* é o criminoso!".

– E supondo que eu não resolva?

– Ah, *mon cher*! – a voz de monsieur Bouc tomou ares de aliciamento. – Sei de sua reputação. Conheço um pouco de seus métodos. Este é um caso ideal. Pesquisar os antecedentes de todas essas pessoas, descobrir se são de boa-fé; tudo isso leva tempo e é uma inconveniência sem fim. Porém, já não o escutei dizer que, muitas vezes, para resolver um caso, um homem só precisa se recostar na poltrona e refletir? Faça isso. Interrogue os passageiros do trem, veja o corpo, examine que pistas existem e então... bem, acredito no seu talento! Estou seguro de que não é uma gabarolice à toa. Recoste-se e pense...

use (como tantas vezes já o escutei dizer) as pequenas células cinzentas do seu cérebro... e então *saberá*!

Debruçou-se para a frente, olhando com afeto para o amigo.

– Sua fé me comove, meu amigo – declarou Poirot emotivo. – Como diz, não pode ser um caso difícil. Eu mesmo, ontem à noite... mas não falemos disso agora. Na verdade, este problema me intriga. Estava refletindo, não faz nem meia hora, que muitas horas de tédio nos aguardam enquanto estamos presos aqui. E agora... um enigma cai pronto na minha mão.

– Aceita, então? – perguntou monsieur Bouc em tom ansioso.

– *C'est entendu.* Está colocando o caso em minhas mãos.

– Bom, estamos todos a seu dispor.

– Para começar, gostaria de uma planta baixa do comboio Istambul–Calais, com anotações dos nomes das pessoas que estavam ocupando as diferentes cabines, e também gostaria de ver os passaportes e bilhetes de passagem de cada um.

– Michel vai lhe conseguir isso.

O condutor deixou a cabine.

– Que outros passageiros estão no trem? – perguntou Poirot.

– Neste carro, dr. Constantine e eu somos os únicos viajantes. No carro de Bucareste está um senhor idoso com uma perna aleijada. É bem conhecido do condutor. Além desses, temos os vagões comuns, mas esses não nos interessam já que foram trancados depois de servirem o jantar ontem à noite. Além do Istambul–Calais, temos apenas o vagão-restaurante.

– Então me parece – Poirot foi dizendo devagar – que devemos procurar por nosso assassino no carro Istambul–Calais

– virou-se para o doutor: – É isso que o senhor estava sugerindo, acho?

O grego assentiu.

– Passava meia hora da meia-noite quando nos deparamos com o banco de neve. Ninguém pode ter deixado o trem depois disso.

Monsieur Bouc disse com ar solene.

– O assassino está entre nós, no trem, agora...

Capítulo 6

Uma mulher?

– Primeiro de tudo – disse Poirot –, gostaria de ter uma palavrinha ou duas com o jovem monsieur MacQueen. Pode ser que nos ofereça informações valiosas.

– Certamente – disse monsieur Bouc.

Voltou-se para o *chef de train*.

– Vá chamar o sr. MacQueen.

O *chef de train* deixou o vagão.

O condutor retornou com um maço de passaportes e passagens. Monsieur Bouc recebeu-os.

– Obrigado, Michel. Seria melhor agora, penso eu, se retornasse a seu posto. Tomaremos seu testemunho formalmente mais tarde.

– Muito bem, monsieur.

Michel, por sua vez, deixou o vagão.

– Depois de falarmos com o jovem MacQueen – disse Poirot –, talvez monsieur *le docteur* pudesse me acompanhar até a cabine do homem morto.

– Com certeza.

– Depois de terminarmos aqui...

Mas naquele instante o *chef de train* retornava com Hector MacQueen.

Monsieur Bouc levantou-se.

– Estamos um pouco espremidos aqui – disse em tom agradável. – Tome o meu assento, sr. MacQueen. Monsieur Poirot vai sentar-se de frente para o senhor... assim.

Virou-se para o *chef de train*.

– Retire todo mundo do vagão-restaurante – pediu – e deixe o espaço livre para monsieur Poirot. Vai conduzir suas entrevistas lá, *mon cher*?

– Seria muitíssimo conveniente, sim – concordou Poirot.

MacQueen ficou olhando de um para o outro, sem conseguir acompanhar direito a rápida conversa em francês.

– *Qu'est-ce qu'il y a*? – começou com tremendo esforço. – *Pourquoi...*?

Com um gesto vigoroso, Poirot o dirigiu para o assento do canto. Sentou-se e recomeçou.

– *Pourquoi...*? – então se apercebendo e voltando à própria língua: – O que se passa com o trem? Aconteceu alguma coisa?

Olhava para os presentes.

Poirot assentiu.

– Exato. Aconteceu alguma coisa. Prepare-se para um choque. *Seu empregador, sr. Ratchett, está morto*!

Os lábios de MacQueen se repuxaram em um assovio. Exceto por seus olhos terem clareado um tom, não demonstrou sinais de choque ou angústia.

– Então o pegaram no fim das contas – disse.

– O que exatamente quer dizer com esse comentário, sr. MacQueen?

MacQueen hesitou.

– Está subentendendo – disse Poirot – que sr. Ratchett foi assassinado?

– Não foi? – dessa vez, MacQueen mostrou sinais de surpresa. – Ora, sim – prosseguiu devagar. – Foi bem isso que pensei. Está dizendo que ele simplesmente morreu enquanto dormia? Ora, o velho era forte como... forte como...

Parou, desnorteado, tentando um sorriso.

– Não, não – disse Poirot. – Sua suposição foi muito certeira. Sr. Ratchett foi assassinado. Apunhalado. Mas gostaria de saber por que estava tão certo de que era *assassinato* e não apenas... um falecimento.

MacQueen hesitou.

– Preciso esclarecer – disse. – Quem exatamente é o senhor? E o que tem a ver com isso?

– Represento a Compagnie Internationale des Wagons Lits – fez uma pausa e acrescentou: – Sou detetive. Meu nome é Hercule Poirot.

Caso esperasse causar algum efeito, não conseguiu. MacQueen disse apenas:

– Ah, é? – e esperou que o outro continuasse.

– Talvez reconheça meu nome.

– Ora, parece um pouco familiar, só que sempre achei que fosse de um costureiro para senhoras.

Hercule Poirot olhou para ele com desgosto.

– É inacreditável – disse.

– O que é inacreditável?

– Nada. Vamos avançar com o assunto em questão. Quero que me conte, sr. MacQueen, tudo o que sabe sobre o morto. Não era parente dele?

– Não, sou... era... secretário dele.

– Por quanto tempo trabalhou nesse posto?

– Pouco mais de um ano.

– Por gentileza, me dê todas as informações que puder.

– Bem, conheci o sr. Ratchett há pouco mais de um ano quando estive na Pérsia...

Poirot interrompeu.

– O que estava fazendo lá?

– Viajara de Nova York para prospectar uma concessão de petróleo. Não suponho que vá querer saber os detalhes. Meus amigos e eu fomos bastante logrados naquela situação. O sr. Ratchett estava hospedado no mesmo hotel. Havia tido recentemente uma discussão com seu secretário. Ofereceu-me o posto, e eu aceitei. Estava sem perspectivas e aliviado por encontrar um trabalho bem remunerado assim de pronto.

– E desde então?

– Viajamos por aí. O sr. Ratchett queria ver o mundo. Sentia-se impossibilitado por não saber falar outras línguas. Atuei mais como mensageiro do que como secretário. Era uma vida agradável.

– Agora me conte tudo o que souber sobre seu empregador.

O rapaz deu de ombros. Uma expressão perplexa tomou-lhe a face.

– Não é tão fácil assim.

– Qual era o seu nome completo?

– Samuel Edward Ratchett.

– Era cidadão americano?

– Sim.

– De que parte da América ele vinha?

– Não sei.

– Bem, conte o que sabia.

– A bem da verdade, sr. Poirot, não sei nada! O sr. Ratchett nunca falou de si ou de sua vida na América.

– Por que acha que não o fazia?

– Não sei. Eu imaginava que talvez se envergonhasse de suas origens. Alguns homens são assim.

– Essa lhe parece uma explicação satisfatória?

– Francamente, não.

– Tem parentes?

– Nunca mencionou ninguém.

Poirot forçou o assunto.

– O senhor deve ter formulado alguma *teoria*, sr. MacQueen.

– Bem, sim, o fiz. Primeiro, porque não acredito que Ratchett fosse seu nome verdadeiro. Acho que ele saiu da América em definitivo para fugir de alguém ou de alguma coisa. Acho que ele estava tendo êxito nisso até poucas semanas atrás.

– E então?

– Começou a receber cartas, cartas com ameaças.

– Chegou a vê-las?

– Cheguei. Era tarefa minha cuidar da correspondência dele. A primeira carta chegou há quinze dias.

– Essas cartas foram destruídas?

– Não, acho que tenho alguma coisa ainda nos meus arquivos. Sei que uma delas Ratchett rasgou num acesso de raiva. Devo buscá-las para o senhor?

– Se puder fazer a bondade.

MacQueen deixou a cabine. Retornou poucos minutos depois e apresentou duas folhas de papel bastante sujas diante de Poirot.

A primeira dizia o seguinte:

"Achou que poderia nos enganar e escapar ileso, não foi? Por nada nesse mundo. Estamos dispostos a PEGAR você, Ratchett, e nós VAMOS pegar você!"

Não havia assinatura.

Sem qualquer comentário além de um erguer de sobrancelhas, Poirot apanhou a segunda.

"Vamos levá-lo para uma voltinha, Ratchett. Muito em breve. Vamos APANHÁ-LO, está entendendo?"

Poirot baixou a carta.

– O estilo é monótono! – exclamou. – Até mais do que a letra.

MacQueen fitou-o.

– O senhor não observaria isso – disse Poirot com ar satisfeito. – Exige um olho treinado para perceber esses detalhes. Esta carta não foi escrita por uma pessoa só, sr. MacQueen. Dois ou mais indivíduos a redigiram, cada um escrevendo uma letra de cada palavra por vez. Também a escrita está em letra de forma. O que torna a tarefa de identificar a caligrafia muito mais difícil.

Fez uma pausa, então falou:

– Sabia que o sr. Ratchett tentou contratar meus serviços?

– Do *senhor*?

O tom estupefato de MacQueen revelou a Poirot quase com total certeza que o rapaz não sabia de nada. Ele assentiu.

– Sim. Estava alarmado. Diga-me, como ele reagiu quando recebeu a primeira carta?

MacQueen hesitou.

– Difícil dizer. Ele... ele... deixou de lado com uma risada daquele jeito quieto dele. Porém, de alguma forma – o rapaz estremeceu de leve –, senti como se houvesse muita coisa acontecendo por trás daquela calma toda.

Poirot assentiu. Então perguntou algo inesperado.

– Sr. MacQueen, pode me dizer, com toda honestidade, exatamente como via seu empregador? O senhor gostava dele?

Hector MacQueen demorou um instante para responder.

– Não – disse por fim. – Não gostava.

– Por quê?

– Não sei dizer exatamente. Ele sempre tinha um jeito agradável... – Fez uma pausa e então disparou: – Vou lhe dizer a verdade, sr. Poirot, não gostava dele. Era, tenho certeza, um homem cruel e perigoso. Devo admitir, contudo, que não tenho motivos que deem lastro às minhas opiniões.

– Obrigado, sr. MacQueen. Uma última pergunta: quando foi a última vez que viu o sr. Ratchett vivo?

– Ontem à noite, em torno das... – pensou por um momento – dez horas, eu diria. Fui à cabine dele para anotar alguns memorandos.

– Sobre qual assunto?

– Alguns azulejos e cerâmicas antigas que comprou na Pérsia. O que entregaram não corresponde ao que ele comprou. Estava correndo uma longa e enfadonha troca de correspondências sobre o assunto.

– E essa foi a última vez em que o sr. Ratchett foi visto vivo?

– Sim, suponho.

– Sabe quando foi que o sr. Ratchett recebeu a última carta ameaçando-o?

– Na manhã do dia em que partimos de Constantinopla.

– Há mais uma pergunta que preciso fazer, sr. MacQueen: o senhor tinha problemas com o seu empregador?

Os olhos do rapaz piscaram de repente.

– Esse é o momento em que supostamente devo sentir arrepios na espinha. Usando a frase dos best-sellers: "O senhor não tem nenhuma prova contra mim". Ratchett e eu nos dávamos muito bem.

– Talvez, sr. MacQueen, pudesse me fornecer seu nome completo e endereço na América.

MacQueen informou seu nome, Hector Willard MacQueen, e um endereço em Nova York.

Poirot recostou-se nas almofadas.

– Isso é tudo no momento, sr. MacQueen – disse. – Ficaria agradecido se guardasse a notícia da morte do sr. Ratchett por um tempo.

– O criado dele, Masterman, vai precisar saber.

– É provável que já saiba – Poirot respondeu, seco. – Se for assim, tente fazê-lo segurar a língua.

– Não será difícil. É britânico e faz o que chama de "guardar tudo para si". Tem uma péssima opinião dos americanos e não tem opinião nenhuma sobre qualquer outra nacionalidade.

– Obrigado, sr. MacQueen.

O americano deixou o vagão.

– Então? – perguntou monsieur Bouc. – Acredita no que diz esse rapaz?

– Parece honesto e direto. Não fingiu nenhum afeto pelo empregador como provavelmente teria feito caso estivesse envolvido de alguma forma. É verdade que o sr. Ratchett não lhe contou que tentara contratar meus serviços e fracassara, mas não acho que seja uma circunstância que provoque suspeitas. Imagino que o sr. Ratchett fosse um cavalheiro que resguardava suas intenções sempre que possível.

– Então você declara ao menos uma pessoa inocente do crime – disse monsieur Bouc com ar jovial.

Poirot lançou-lhe um olhar reprovador.

– Eu suspeito de todo mundo até o último minuto – disse. – Mesmo assim, devo admitir que não enxergo o sóbrio e ajuizado MacQueen perdendo a cabeça e esfaqueando a vítima doze ou catorze vezes. Não está absolutamente de acordo com o perfil psicológico dele.

– Não – concordou sr. Bouc, pensativo. – É a atitude de um homem levado às raias da loucura com um ódio frenético, sugere mais um temperamento latino. Ou sugere, como insiste nosso amigo *chef de train*, uma mulher?

Capítulo 7

O corpo

Seguido pelo dr. Constantine, Poirot fez o trajeto até o vagão seguinte e a cabine ocupada pelo assassinado. O condutor veio e abriu a porta para eles com a chave.

Os dois entraram. Poirot voltou-se com ar interrogativo para o seu acompanhante.

– O quanto esta cabine foi remexida?

– Ninguém tocou em nada. Fui cuidadoso para não mover o corpo enquanto realizei meu exame.

Poirot assentiu. Olhou ao redor.

A primeira sensação que impactava os sentidos era o frio intenso. A vidraça fora abaixada ao máximo, e a persiana, recolhida para cima.

– Brrr – Poirot observou.

O outro sorriu de modo apreciativo.

– Não gostei da ideia de fechar – disse.

Poirot examinou a janela com cuidado.

– Tem razão – anunciou. – Ninguém saiu do vagão por aqui. É possível que a intenção da janela aberta fosse sugerir o fato, mas, se for assim, a neve derrotou o objetivo do assassino.

Examinou a moldura da janela com cuidado. Retirando um pequeno estojo do bolso, soprou um pouco de poeira sobre ela.

– Nenhuma impressão digital – disse. – Isso significa que foi limpo. Bem, se encontrássemos digitais, teriam nos revelado muito pouco. Teriam sido as do sr. Ratchett, do lacaio ou do condutor. Criminosos não cometem esse tipo de erro hoje em dia. E, sendo assim – acrescentou com alegria –, podemos muito bem fechar a janela. Decididamente está um frigorífico aqui!

Casou a ação à palavra e voltou sua atenção pela primeira vez para a figura imóvel deitada no beliche.

Ratchett estava deitado de costas. A parte de cima do pijama, manchada com marcas cor de ferrugem, fora desabotoada e jogada para trás.

– Precisei enxergar a natureza dos ferimentos – explicou o doutor.

Poirot assentiu. Inclinou-se sobre o corpo. Por fim, endireitou-se com uma leve careta.

– Não é bonito – disse. – Alguém deve ter ficado aqui apunhalando-o sem parar. São quantos ferimentos exatamente?

– Contei doze. Um ou dois são tão leves que podem ser considerados arranhões. Por outro lado, pelo menos três foram capazes de causar a morte.

Algo no tom de voz do médico chamou a atenção de Poirot. Dirigiu-lhe um olhar penetrante. O pequeno grego estava parado olhando para o corpo com uma expressão de perplexidade.

– Algo lhe parece esquisito, não é mesmo? – perguntou com jeito. – Fale, meu amigo. Há algo aqui que o deixa perplexo?

– Tem razão – reconheceu o outro.

– O quê?

– O senhor vê, esses dois ferimentos, aqui e aqui – apontou. – São profundos, cada corte deve ter rompido vasos sanguíneos e, ainda assim, as bordas não estão esgarçadas. Não sangraram conforme o esperado.

– O que isso sugere?

– Que o homem já estava morto, falecido há pouco tempo, quando os golpes foram desferidos. Mas é certamente absurdo.

– Pareceria absurdo – disse Poirot pensativo. – A menos que nosso assassino tenha imaginado que não cumprira a missão com propriedade e tenha retornado para garantir, mas isso é claramente absurdo! Algo mais?

– Bem, só mais uma coisa.

– Que é?

– Vê este ferimento aqui, sob o braço direito, próximo ao ombro direito. Segure meu lápis. Poderia desferir este golpe?

Poirot ergueu o braço.

– *Précisément* – disse. – Entendo. Com a mão *direita* seria de uma dificuldade excessiva, quase impossível. A pessoa teria de fazê-lo de modo muito desajeitado. Já se o golpe fosse dado com a mão *esquerda*...

– Exato, monsieur Poirot. Aquele golpe foi certamente desferido com a mão *esquerda*.

– Então nosso assassino é canhoto? Não, é mais complicado do que isso, não é?

– Como está dizendo, monsieur Poirot. Alguns desses outros são evidentemente ocasionados pelo uso da mão direita.

– Duas pessoas. Voltamos às duas pessoas – murmurou o detetive. Perguntou de modo abrupto:

– A luz estava acesa?

– Difícil dizer. Ela é desligada pelo condutor todas as manhãs em torno das dez horas.

– Os interruptores vão nos dizer – declarou Poirot.

Examinou o interruptor da lâmpada de cima e também o do abajur móvel sobre a cama. O primeiro estava desligado. O segundo estava fechado.

– *Eh bien* – falou, pensativo. – Temos aqui uma hipótese do primeiro e do segundo assassino, como o grandioso Shakespeare colocaria. O primeiro assassino apunhalou a vítima e saiu da cabine, desligando a luz. O segundo assassino entrou no escuro, não viu que o trabalho dele ou dela já estava feito e apunhalou pelo menos duas vezes um corpo já morto. *Que pensez-vous de ça?*

– Magnífico – disse o doutor com entusiasmo.

Os olhos do outro brilharam.

– Acha mesmo? Fico contente. Soou para mim como se fosse um disparate.

– Que outra explicação pode haver?

– É o que estou me perguntando. Estamos diante de uma coincidência ou então o quê? Há qualquer outra inconsistência, do tipo que apontaria o envolvimento de duas pessoas?

– Acho que poderíamos dizer que sim. Alguns desses golpes, tais como já descrevi, apontam para uma fraqueza, uma falta de força ou de determinação. São golpes débeis, que pegaram de raspão. Mas este aqui e esse outro... – apontou de novo. – Muita força foi necessária para acertar esses dois. Penetraram no músculo.

– Foram, em sua opinião, executados por um homem?

– Com toda certeza.

– Não poderiam ter sido desferidos por uma mulher?

– Uma mulher jovem, vigorosa e atlética, poderia ter acertado, ainda mais se estivesse tomada por uma forte emoção, mas sou da opinião de que isso é bastante improvável.

Poirot ficou em silêncio por alguns instantes.

O outro perguntou ansioso:

– Entende o que quero dizer?

– Perfeitamente – disse Poirot. – A questão começa a se esclarecer de forma maravilhosa! O assassino era um homem de grande força, era fraco, era uma mulher, era destro, era canhoto... *Ah! C'est rigolo, tout ça!*

Falou com súbita raiva.

– E a vítima, o que faz durante tudo isso? Grita? Ele se debate? Ele se defende?

Enfiou a mão embaixo do travesseiro e puxou a pistola automática que Ratchett lhe mostrara no dia anterior.

– Carregada, está vendo – assinalou.

Olharam ao redor. A roupa de uso diurno de Ratchett estava pendurada nos ganchos da parede. Na pequena mesinha formada pela tampa da pia estavam vários objetos, dentaduras em um copo d'água; outro copo, vazio; uma garrafa de água mineral, uma grande frasqueira e um cinzeiro contendo uma ponta de charuto e alguns fragmentos queimados de papel; também dois fósforos queimados. O doutor apanhou o copo vazio e cheirou.

– Aqui está a explicação para a inércia da vítima – disse baixinho.

– Foi drogado?

– Foi.

Poirot assentiu. Apanhou os dois fósforos e analisou--os com cuidado.

– Tem uma pista então? – perguntou ansiosamente o doutorzinho.

– Esses dois palitos são de formatos diferentes – afirmou Poirot. – Um é mais chato que o outro. Vê?

– É do tipo que oferecem a bordo – disse o médico –, com capa de papel.

Poirot estava apalpando os bolsos da roupa de Ratchett. Em seguida, puxou uma caixa de fósforos. Comparou-os com atenção.

– O mais arredondado é o fósforo riscado pelo sr. Ratchett – declarou. – Vamos ver se ele também tem o do tipo mais achatado.

Mas a busca seguinte não revelou nenhum outro fósforo.

Os olhos de Poirot ricocheteavam pela cabine. Estavam brilhantes e aguçados como os de um pássaro. Era perceptível que nada escaparia ao seu escrutínio.

Com uma breve exclamação, inclinou-se e apanhou algo do chão.

Era um quadrado pequeno de cambraia muito diáfana.

– Nosso amigo, o *chef de train*, tinha razão. Havia uma mulher envolvida nisso.

– E, o que é muitíssimo conveniente, ela deixa cair seu lenço! – disse Poirot. – Tal como acontece nos livros e nos filmes. Para deixar as coisas ainda mais fáceis para nós, está marcado com uma inicial.

– Que golpe de sorte! – exclamou o doutor.

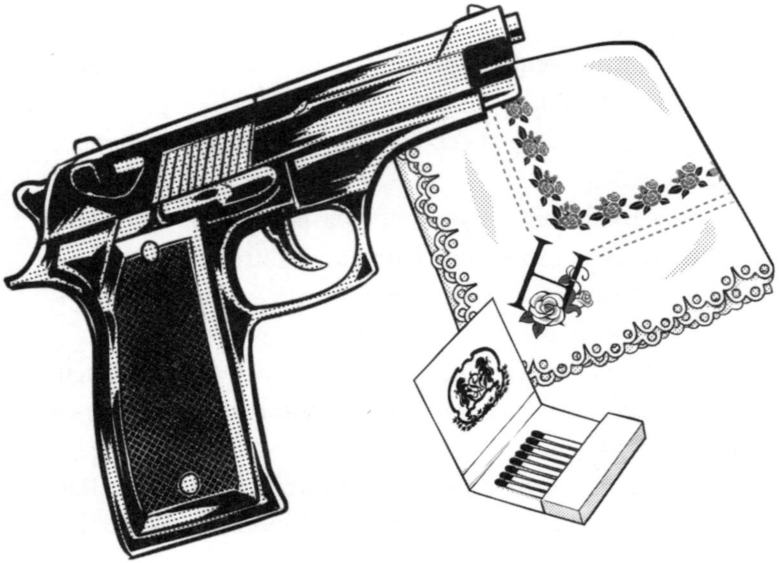

– E não é? – diz Poirot.

Algo no tom dele surpreendeu o doutor.

Porém, antes que pudesse pedir algum esclarecimento, Poirot já mergulhara de novo no chão.

Dessa vez, apresentou um objeto na mão estendida, um limpador de cachimbo.

– Talvez seja do sr. Ratchett? – sugeriu o médico.

– Não há nenhum cachimbo nos bolsos dele e nada de tabaco ou nenhuma bolsinha de guardar tabaco.

– Então é uma pista.

– Ah! Decididamente. E, mais uma vez, deixada para trás de forma muito conveniente. Uma pista masculina dessa vez, perceba! Não dá para reclamar da falta de pistas neste caso. Temos pistas em abundância. A propósito, o que fez com a arma do crime?

– Não havia sinal da arma. O assassino deve ter levado consigo.

– Fico imaginando o motivo – ponderou Poirot.

– Ah!

O doutor estivera explorando com delicadeza os bolsos do pijama do morto.

– Deixei escapar isso – falou. – Desabotoei a camisa e joguei aberta para os lados.

Do bolso do peito, puxou um relógio de ouro. A tampa estava barbaramente amassada, e os ponteiros liam uma e quinze.

– Está vendo? – gritou Constantine em tom animado. – Isso nos dá a hora do crime. Fecha com meus cálculos. Entre meia-noite e duas da manhã foi o que eu disse, e mais provavelmente à uma hora, embora seja difícil ter precisão nesses casos. *Eh bien*, aqui temos a confirmação. Uma e quinze. Esta foi a hora do crime.

– É possível, sim. É certamente possível.

O doutor olhou para ele com curiosidade.

– Vai me perdoar, monsieur Poirot, mas não o estou compreendendo.

– Eu mesmo não compreendo – disse Poirot. – Não estou entendendo nada e, como está percebendo, isso me preocupa.

Suspirou e inclinou-se sobre a mesinha, examinando os fragmentos queimados de papel. Murmurou consigo.

– O que preciso agora é de uma caixa de chapéu feminino à moda antiga.

O dr. Constantine não sabia como reagir àquele comentário singular. Em todo caso, Poirot não lhe deu tempo

para questionamentos. Abrindo a porta do corredor, chamou o condutor.

O homem atendeu correndo.

– Quantas mulheres temos neste vagão?

O condutor contou nos dedos.

– Uma, duas, três... seis, monsieur. A velha americana, a sueca, a jovem inglesa, a condessa Andrenyi, madame a princesa Dragomiroff e sua criada.

Poirot considerou.

– Todas elas têm caixas de guardar chapéus, não?

– Sim, monsieur.

– Então me traga... deixe-me ver, sim, a da senhora sueca e a da criada. São nossa única esperança. Diga-lhes que é algum regulamento da alfândega, qualquer coisa que lhe ocorrer.

– Não será um problema, monsieur. Nenhuma delas está em sua cabine no momento.

– Então seja rápido.

O condutor partiu. Retornou com as duas caixas. Poirot abriu a da criada e jogou-a de lado. Depois abriu a da senhora sueca e exclamou de satisfação. Removendo os chapéus com cuidado, expôs umas armações arredondadas de tela de arame.

– Ah, aqui está o que precisamos. Há mais ou menos quinze anos, as caixas de chapéus eram feitas dessa forma. A pessoa espetava através do chapéu com um alfinete para prender nessa corcunda de arame.

Enquanto falava, removia com habilidade duas das presilhas. Depois, recondicionou a caixa e disse ao condutor para devolver ambas ao lugar de origem.

Quando a porta tornou a se fechar, voltou-se para o companheiro.

– Veja o senhor, meu caro doutor, não sou do tipo que se fia em procedimentos de peritos. É a psicologia que estou buscando, não a impressão digital ou a cinza do cigarro. Mas, neste caso, estou aberto a um pouco de assistência científica. Esta cabine está cheia de pistas, mas como garantir que essas pistas são de fato o que aparentam ser?

– Não estou compreendendo bem, monsieur Poirot.

– Bom, vou lhe dar um exemplo; encontramos um lenço de mulher. Foi uma mulher que o deixou cair? Ou um homem que, cometendo o crime, pensou consigo: "Vou fazer com que pareça ser um crime feminino. Vou esfaquear meu inimigo um número desnecessário de vezes, fazendo com que alguns dos golpes pareçam bem fracos e ineficientes, e vou deixar cair este lenço onde ninguém vai deixar de ver". Essa é uma possibilidade. Então há outra. Foi uma mulher que o matou e deixou cair de propósito o limpador de cachimbo para fazer parecer que foi trabalho masculino? Ou devemos levar a sério a suposição de que duas pessoas, um homem e uma mulher, estão envolvidos separadamente e que cada um deles foi descuidado a ponto de deixar cair uma pista sobre sua identidade? Essa é uma coincidência um pouco grande demais!

– Mas onde entra a caixa de chapéu? – perguntou o doutor, ainda perplexo.

– Ah! Estou chegando lá. Como digo, essas pistas, o relógio parado à uma e quinze, o lenço, o limpador de cachimbo, podem ser genuínas ou podem ser falsas. Quanto a isso ainda não posso dizer. Mas existe aqui *uma* pista em relação à qual acredito, embora, de novo, possa estar equivocado, que *não* foi adulterada. Estou me referindo ao fósforo achatado, *monsieur le docteur. Acredito que esse palito de fósforo foi usado pelo assassino, não por Ratchett.* Foi usado para queimar algum tipo de papel incriminador. Possivelmente um bilhete. Se for assim, havia algo naquele bilhete, algum equívoco, algum erro, que deixava uma pista possível do agressor. Vou me empenhar em ressuscitar o que quer que tenha sido.

Saiu da cabine e retornou momentos depois com um pequeno fogareiro a álcool e um par de pinças curvas.

– Eu as utilizo para os bigodes – disse, referindo-se ao último item.

O doutor assistiu à cena com grande interesse. Poirot achatou os dois cocurutos de arame e, com todo o cuidado, manobrou o fragmento carbonizado de papel para cima de um deles. Depositou o outro por cima daquele primeiro e, depois, prendendo os dois pedaços juntos com as pinças, segurou a coisa toda sobre a chama do fogareiro.

– É uma solução muito improvisada – falou por cima do ombro. – Vamos torcer para que atinja nosso objetivo.

O doutor observava o procedimento com atenção. O metal começou a brilhar. De repente, viu a tênue indicação de letras. As palavras foram se formando devagar, palavras de fogo.

Era um fragmento muito pequeno. Apenas quatro palavras e parte de uma quinta apareceram.

"...embre da pequena Daisy Armstrong."

– Ah! – Poirot exclamou com um tom agudo.

– Isso lhe diz alguma coisa? – perguntou o médico.

Os olhos de Poirot brilhavam. Baixou a pinça com cuidado.

– Sim – falou. – *Sei o nome verdadeiro do morto. Agora sei por que teve de deixar a América.*

– Como se chamava?

– Cassetti.

– Cassetti – Constantine uniu as sobrancelhas. – Isso remete a algo. De alguns anos atrás. Não consigo lembrar... Foi um caso na América, não foi?

– Sim – disse Poirot. – Um caso que aconteceu na América.

Além disso, Poirot não estava disposto a ser comunicativo. Olhou ao redor enquanto continuava.

– Trataremos de tudo isso mais adiante. Vamos primeiro nos certificar de que vimos tudo o que há para ser visto aqui.

Com rapidez e habilidade, revistou mais uma vez os bolsos das roupas do falecido, mas não encontrou nada de interesse ali. Tentou a porta divisória que dava acesso à cabine ao lado, mas estava trancada pelo outro lado.

– Há algo que não entendo – disse o dr. Constantine. – Se o assassino não fugiu pela janela, e se esta porta que se comunica com a outra cabine estava trancada pelo outro lado, e se a porta que dá para o corredor não apenas estava trancada por dentro como tinha até corrente, como foi que o assassino saiu da cabine?

– É o que a plateia se pergunta quando uma pessoa com as mãos e os pés atados é enfiada dentro de um baú... e desaparece.

– Está sugerindo...

– Estou sugerindo – explicou Poirot – que, se o assassino tinha a intenção de nos fazer acreditar que escapara pela janela, naturalmente faria parecer como se as outras duas saídas fossem impossíveis. Como a "pessoa que desaparece" no armário do mágico, é um truque. Cabe a nós descobrir como o truque é feito.

Trancou a porta divisória no lado deles.

– Para o caso – disse – de a excelente sra. Hubbard enfiar na cabeça que vai obter detalhes do crime em primeira mão para escrever para sua filha.

Olhou ao redor mais uma vez.

– Não resta mais nada a fazer aqui, acho. Vamos nos reunir com monsieur Bouc.

Capítulo 8

O caso Armstrong

Encontraram monsieur Bouc terminando de comer uma omelete.

– Achei melhor servirem o almoço imediatamente no vagão-restaurante – disse. – Mais tarde vai ser limpo, e monsieur Poirot pode conduzir ali seu inquérito dos passageiros. Nesse meio-tempo, pedi para trazerem comida para nós três aqui.

– Uma ideia excelente – concordou Poirot.

Nenhum dos outros dois estava com fome, mas a refeição foi logo consumida, e só depois de tomarem o café é que monsieur Bouc mencionou o assunto que ocupava a mente de todos.

– *Eh bien?* – perguntou.

– *Eh bien*, descobri a identidade da vítima. Sei por que lhe foi indispensável abandonar a América.

– Quem era ele?

– Lembra-se de ter lido sobre o bebê Armstrong? Este era o homem que matou a pequena Daisy Armstrong: Cassetti.

– Agora me lembro. Um caso chocante, embora não me recorde dos detalhes.

– Coronel Armstrong era um cidadão inglês, condecorado com a Cruz Vitória. Era parte americano, já que a mãe dele era filha de W.K. Van der Halt, o milionário de Wall Street. Casou-se com a filha de Linda Arden, a atriz trágica americana mais famosa da época. Os dois moravam na América e tiveram uma criança, uma menina, a quem idolatravam. Quando completou três anos, foi sequestrada, e uma quantia de um valor impossível, exigida como pagamento pelo retorno da menina. Não vou lhes cansar com todos os meandros que se seguiram. Vou direto ao momento quando, depois de terem pago a enorme quantia de duzentos mil dólares, o corpo da criança morta foi encontrado, sendo que já estava morta há pelo menos quinze dias. A indignação pública tomou proporções febris. E o pior ainda estava por vir. A sra. Armstrong estava grávida de um segundo bebê. Seguindo-se ao choque da descoberta, deu à luz a um prematuro natimorto e ela própria também morreu. O marido, de coração partido, deu-se um tiro.

– *Mon Dieu*, que tragédia. Agora estou lembrado – disse monsieur Bouc. – Aconteceu mais uma morte, se me recordo bem?

– Sim, uma babá francesa ou suíça. A polícia estava convencida de que ela tinha algum conhecimento do crime. Recusaram-se a acreditar nas negações histéricas. Por fim, em um ataque de desespero, a pobre moça se atirou de uma janela e morreu. Foi comprovado mais tarde que ela era absolutamente inocente de qualquer cumplicidade.

– Não é bom nem pensar – disse monsieur Bouc.

– Por volta de seis meses mais tarde, esse homem, Cassetti, foi preso como mandante da gangue que sequestrara a criança. Já haviam usado os mesmos métodos no passado. Se a polícia demonstrava a possibilidade de rastreá-los, matavam o prisioneiro, escondiam o corpo e continuavam a extrair tanto dinheiro quanto possível até o crime ser descoberto.

– Agora, vou deixar uma coisa bem clara, meu amigo: Cassetti era o culpado! Contudo, por conta da imensa riqueza que acumulara e do poder secreto que exercia sobre várias pessoas, foi inocentado em razão de alguma imprecisão técnica. Mesmo assim, teria sido linchado pelo povo se não fosse esperto o suficiente para tomar um chá de sumiço. Agora está claro para mim o que aconteceu. Mudou de nome e abandonou a América. Desde então, tem sido um cavalheiro de prazeres, viajando o mundo e vivendo de *renda*.

– *Ah! Quel animal*! – o tom de monsieur Bouc era flagrante de um desgosto profundo. – Não posso lamentar a morte do sujeito... de jeito nenhum!

– Concordo.

– *Tout de même*, não era necessário que fosse morto no Expresso Oriente. Há outros lugares.

Poirot sorriu de leve. Entendeu que monsieur Bouc era tendencioso naquele quesito.

– A pergunta que nos devemos fazer é esta – disse. – Seria este assassinato o trabalho de uma gangue rival, a quem Cassetti enganou no passado, ou seria um ato de vingança pessoal?

Poirot explicou sua descoberta das poucas palavras no fragmento carbonizado de papel:

– Se estiver certo em meu palpite, então a carta foi queimada pelo assassino. Por quê? Porque mencionava a palavra "Armstrong", que era a chave do mistério.

– Existe algum membro vivo da família Armstrong?

– Isso, infelizmente, não sei dizer. Acho que me recordo de ler algo sobre uma irmã mais nova da sra. Armstrong.

Poirot passou a relatar as conclusões que articulara em conjunto com o dr. Constantine. Monsieur Bouc se avivou à menção do relógio quebrado.

– Isso parece nos dar a hora do crime com exatidão.

– Sim – disse Poirot. – É muito conveniente.

Havia qualquer coisa indescritível no seu tom de voz que fez com que os outros dois o olhassem com curiosidade.

– O senhor mesmo diz que ouviu Ratchett falando com o condutor às vinte para a uma?

Poirot relatou com exatidão o que ocorrera.

– Bem – disse monsieur Bouc –, isso ao menos prova que Cassetti, ou Ratchett, como continuarei a chamá-lo, estava com certeza vivo às vinte para a uma.

– Vinte e três minutos, para ser preciso.

– Então à 0h37, para formalizarmos, o sr. Ratchett estava vivo. Ao menos temos *este* fato.

Poirot não respondeu. Ficou sentado olhando pensativo para frente.

Houve uma batida na porta, e o atendente do restaurante entrou.

– O vagão-restaurante está vazio agora, monsieur – avisou.

– Iremos para lá – disse Bouc, levantando-se.

– Posso acompanhá-los? – perguntou Constantine.

– Certamente, meu caro doutor. A menos que monsieur Poirot tenha alguma objeção?

– De modo algum. De modo algum – disse Poirot.

Depois de trocarem cortesias na questão de ordem: "*Après vous, monsieur*". "*Mais non, après vous*", saíram da cabine.

PARTE 2

Os depoimentos

CAPÍTULO 1

O depoimento do condutor da Wagon Lit

Tudo estava preparadíssimo no vagão-restaurante.

Poirot e monsieur Bouc sentaram-se juntos de um lado da mesa. O doutor sentou-se do lado oposto do corredor.

Na mesa à frente de Poirot estava uma planta do carro Istambul–Calais com os nomes dos passageiros escritos em tinta vermelha.

Os passaportes e as passagens formavam uma pilha ao lado. Havia papel para escrever, tinta, caneta e lápis.

– Excelente – exclamou Poirot. – Podemos dar abertura a nossa corte de inquérito sem mais delongas. Primeiro, creio, deveríamos tomar o depoimento do condutor da Wagon Lit. Provavelmente sabe alguma coisa sobre o homem. Que tipo de caráter ele tem? É um sujeito em cuja palavra se pode confiar?

– Afirmaria isso com bastante segurança. Pierre Michel é empregado da companhia há mais de quinze anos. É francês, mora perto de Calais. Inteiramente respeitável e honesto. Talvez não seja dotado de uma inteligência notável.

Poirot assentiu de modo compreensivo.

– Bom – anunciou. – Vamos falar com ele.

Pierre Michel recuperara um pouco de sua autoconfiança, mas seguia nervoso ao extremo.

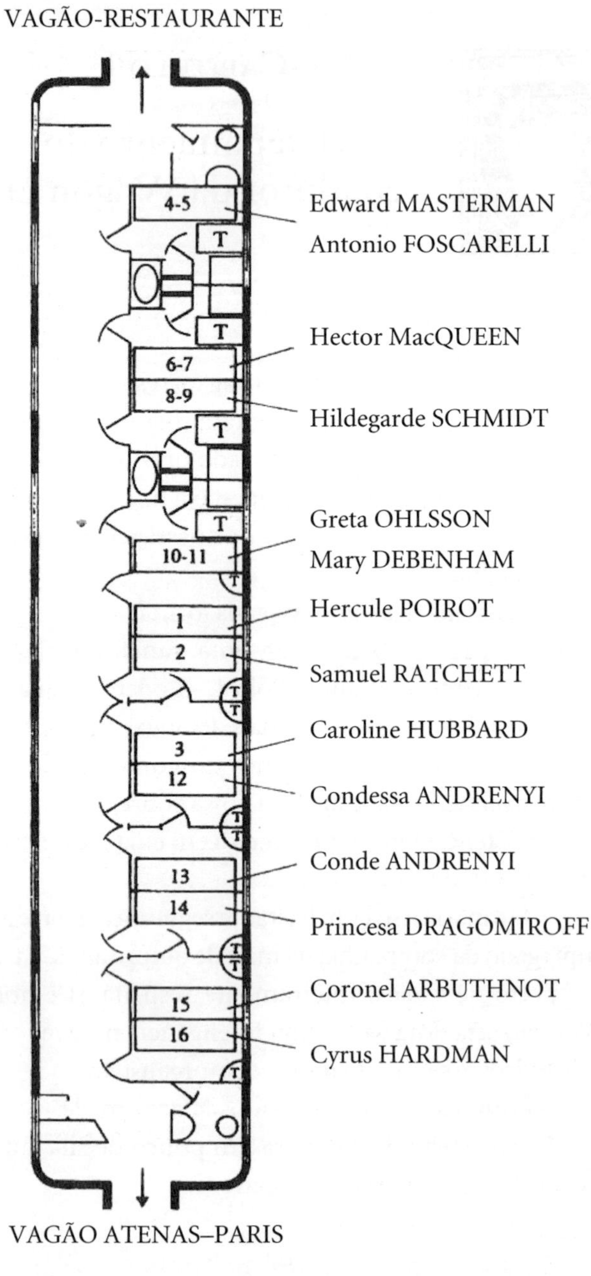
VAGÃO-RESTAURANTE
4-5
T
T
6-7
8-9
T
T
10-11
T
1
2
T
T
3
12
T
T
13
14
T
T
15
16
T
Edward MASTERMAN
Antonio FOSCARELLI
Hector MacQUEEN
Hildegarde SCHMIDT
Greta OHLSSON
Mary DEBENHAM
Hercule POIROT
Samuel RATCHETT
Caroline HUBBARD
Condessa ANDRENYI
Conde ANDRENYI
Princesa DRAGOMIROFF
Coronel ARBUTHNOT
Cyrus HARDMAN
VAGÃO ATENAS–PARIS

– Espero que monsieur não pense que houve alguma negligência de minha parte – falou com ansiedade, os olhos indo de Poirot para monsieur Bouc. – É uma coisa terrível essa que aconteceu. Espero que monsieur não pense que isso vai refletir mal sobre mim de alguma forma?

Depois de apaziguar os medos do homem, Poirot começou com as perguntas. Primeiro, extraiu o nome e endereço de Michel, seu tempo de serviço, tempo em que trabalhava nessa rota específica. Esses particulares ele já sabia, mas as perguntas de rotina serviam para deixar o homem mais à vontade.

– E agora – prosseguiu Poirot – vamos aos eventos da noite passada. O sr. Ratchett retirou-se para dormir... em que momento?

– Quase que imediatamente após o jantar, monsieur. Na verdade, antes de deixarmos Belgrado. Fez o mesmo na noite anterior. Ele me mandara preparar a cama enquanto estivesse jantando, e assim o fiz.

– Alguém entrou na cabine dele depois?

– O criado, monsieur, e o jovem cavalheiro americano, seu secretário.

– Mais alguém?

– Não, monsieur, não que eu saiba.

– Bom. E essa foi a última vez em que o viu ou falou com ele?

– Não, monsieur. O senhor está esquecendo que ele apitou a campainha em torno de vinte para a uma, logo depois de termos parado.

– O que aconteceu exatamente?

– Bati na porta, mas, gritando, ele disse que havia sido um engano.

– Em inglês ou francês?

– Em francês.

– Quais foram as exatas palavras que ele usou?

– *Ce n'est rien. Je me suis trompé.*

– Foi bem isso – disse Poirot. – Foi o que ouvi. E então o senhor saiu?

– Sim, monsieur.

– Voltou para seu assento?

– Não, monsieur, primeiro fui atender outra campainha que acabara de tocar.

– Agora, Michel, vou lhe fazer uma pergunta importante. Onde estava à uma e quinze?

– Eu, monsieur? Estava no meu assento no fundo, de frente para o corredor.

– Tem certeza?

– *Mais oui*... pelo menos...

– Pois não?

– Fui até o vagão seguinte, o carro de Atenas, para falar com o meu colega. Falamos sobre a neve. Isso foi logo depois da uma hora. Não sei dizer exatamente.

– E retornou... quando?

– Uma das minhas campainhas tocou, monsieur, eu me lembro, também lhe contei. Era a senhora americana. Ela tocara várias vezes.

– Estou lembrado – disse Poirot. – E depois?

– Depois disso, monsieur? Atendi a sua campainha e lhe trouxe um pouco de água mineral. Então, por volta de meia hora mais tarde, arrumei a cama em uma das outras cabines, aquela do jovem cavalheiro americano, o secretário do sr. Ratchett.

– O sr. MacQueen estava sozinho na cabine quando foi arrumar sua cama?

– O coronel inglês da cabine 15 estava com ele. Estavam sentados conversando.

– O que fez o coronel quando deixou o sr. MacQueen?

– Voltou para a cabine dele.

– Número 15, que é bem próxima do seu assento, não é?

– Sim, monsieur, a segunda cabine, no fundo do corredor.

– A cama dele já estava feita?

– Sim, monsieur. Arrumei enquanto ele jantava.

– A que horas foi isso?

– Não sei dizer exatamente, monsieur. Não passava das duas, com certeza.

– E depois?

– Depois disso, monsieur, fiquei no meu assento até de manhã.

– Não voltou ao vagão de Atenas?

– Não, monsieur.

– Talvez tenha dormido?

– Acho que não, monsieur. O fato de o trem estar parado me impediu de pegar no sono como normalmente faço.

– Viu algum dos passageiros transitando para cima ou para baixo no corredor?

O homem refletiu.

– Uma das senhoras foi ao toalete no fundo, acho.

– Qual das senhoras?

– Não sei, monsieur. Era mais para o final do corredor, e estava de costas para mim. Usava um quimono com dragões escarlate.

Poirot assentiu.

– E depois disso?

– Nada, monsieur, até de manhã.

– Tem certeza?

– Ah, perdão, o senhor mesmo, monsieur, abriu sua porta e espiou para fora por um instante.

– Bom, meu amigo – disse Poirot. – Estava pensando se lembraria disso. Aliás, fui acordado com o ruído de algo pesado batendo contra a minha porta. Tem alguma ideia do que pode ter sido?

O homem fitou-o.

– Não houve nada, monsieur. Nada, certeza absoluta.

– Então devo ter tido um *cauchemar* – disse Poirot, com ar filosófico.

– A menos – disse monsieur Bouc – que tenha ouvido algo na cabine ao lado.

Poirot não considerou a sugestão. Talvez não desejasse fazê-lo diante do condutor da Wagon Lit.

– Passemos para outro ponto – disse. – Suponhamos que na noite passada um assassino tenha entrado no trem. É quase certo que não pode ter saído depois de cometer o crime?

Pierre Michel fez que não.

– Nem que possa estar escondido em algum lugar?

– Foi dada uma busca completa – disse monsieur Bouc. – Abandone essa ideia, meu amigo.

– Além disso – comentou Michel –, ninguém poderia ter tido acesso ao vagão-dormitório sem que eu o visse.

– Quando foi a última parada?

– Vincovci.

– A que horas?

– Deveríamos ter saído de lá às 23h58. Porém, devido ao mau tempo, nos atrasamos vinte minutos.

– Alguém pode ter vindo da ala comum do trem?

– Não, monsieur. Depois do serviço de jantar, as portas entre os vagões comuns e os de dormitório são trancadas.

– O senhor desceu do trem em Vincovci?

– Sim, monsieur. Desci até a plataforma como de costume e fiquei ao lado do degrau de entrada do trem. Os outros condutores fizeram o mesmo.

– E a porta dianteira? A que fica perto do vagão-restaurante?

– É sempre trancada por dentro.

– Não está trancada agora.

O homem pareceu surpreso, então sua expressão clareou.

– Sem dúvida, algum dos passageiros a abriu para olhar a neve.

– Provavelmente – disse Poirot.

Tamborilou pensativo na mesa por alguns momentos.

– Monsieur não está culpando a mim? – perguntou o homem em tom ressabiado.

Poirot sorriu para ele com ar gentil.

– Teve a chance de fazer o mal, meu amigo – disse. – Ah! Outro ponto, já que lembrei. Afirmou que outra campainha tocou justamente quando estava batendo na porta do sr. Ratchett. De fato, também a escutei. De quem era?

– Era a campainha de *madame la princesse* Dragomiroff. Desejava que eu chamasse sua criada.

– E o fez?

– Sim, monsieur.

Poirot estudou a planta à frente de modo pensativo. Então inclinou a cabeça.

– Por agora – falou –, isso é tudo.

– Obrigado, monsieur.

O homem levantou-se. Olhou para monsieur Bouc.

– Não fique aflito – disse este último com ar gentil. – Não creio que tenha ocorrido nenhuma negligência de sua parte.

Agradecido, Pierre Michel saiu do vagão.

Capítulo 2

O depoimento do secretário

Por um ou dois minutos, Poirot permaneceu perdido em pensamentos.

– Acho – disse por fim – que seria bom trocar mais uma palavra com o sr. MacQueen em vista do que agora sabemos.

O jovem americano apareceu prontamente.

– Bem – perguntou –, como vão as coisas?

– Até que não tão mal. Desde a nossa última conversa, descobri algo, a identidade do sr. Ratchett.

Hector MacQueen inclinou-se para frente, interessado.

– E? – indagou.

– Ratchett, como o senhor suspeitava, era um mero pseudônimo. Ratchett era Cassetti, o homem que comandava as grandes façanhas de sequestros, inclusive o famoso caso da pequena Daisy Armstrong.

Uma expressão do mais puro assombro apareceu no rosto de MacQueen; então a expressão ficou sombria.

– Aquele gambá maldito! – exclamou.

– Não fazia ideia disso, sr. MacQueen?

– Não, senhor – disse o jovem americano com ar decidido. – Se fizesse, arrancaria minha mão direita antes de prestar assessoria a ele!

– Tem opiniões fortes sobre o assunto, sr. MacQueen?

– Tenho um motivo particular para isso. Meu pai foi o promotor encarregado do caso, sr. Poirot. Vi a sra. Armstrong em mais de uma ocasião, era uma mulher adorável. Tão doce e tão inconsolável – sua expressão se agravou. – Se algum homem merecia esse destino, esse homem é Ratchett, ou Cassetti. Fico em êxtase com o fim dele. Um homem desses não merece viver!

– Chega a quase sentir como se estivesse disposto a empreender essa boa ação sozinho?

– Sinto. Eu... – fez uma pausa, então corou, bastante culpado. – Parece que estou incriminando a mim mesmo.

– Estaria mais inclinado a suspeitar do senhor, sr. MacQueen, caso demonstrasse uma tristeza excessiva com o falecimento de seu empregador.

– Não acho que conseguiria fazer isso, mesmo que fosse para me livrar da cadeira elétrica – disse MacQueen impiedosamente.

Então acrescentou:

– Se não estiver sendo inconveniente com minha curiosidade, como foi que descobriu isso? A identidade de Cassetti, digo.

– Através do fragmento de uma carta encontrada na cabine dele.

– Mas com certeza... quer dizer, isso foi um descuido e tanto do velho?

– Isso depende – disse Poirot – do ponto de vista.

O rapaz pareceu ter considerado o comentário bastante desconcertante. Fitou Poirot como se tentasse desvendá-lo.

– A tarefa diante de mim – disse Poirot – é me certificar dos movimentos de todos no trem. Não se sinta ofendido, entende? É apenas uma questão de rotina.

– Claro. Vamos direto ao assunto e permita-me inocentar meu caráter se eu puder.

– Não preciso lhe pedir o número de sua cabine – disse Poirot sorrindo –, já que o dividi com o senhor por uma noite. É a cabine número 6 e 7 da segunda classe que, depois de minha partida, ficou inteira para o senhor.

– Está correto.

– Agora, sr. MacQueen, quero que descreva seus movimentos da noite passada depois de deixar o vagão-restaurante.

– Isso é fácil. Voltei à minha cabine, li um pouco, desci na plataforma de Belgrado, decidi que estava frio demais e entrei de volta. Conversei um pouco com a jovem senhora britânica que está na cabine ao lado da minha. Então comecei a conversar com aquele inglês, o coronel Arbuthnot, na verdade acho que o senhor passou por nós enquanto falávamos. Então entrei para ver o sr. Ratchett e, como lhe disse, anotei uns memorandos de cartas que ele queria que fossem escritas. Dei boa noite e o deixei. O coronel Arbuthnot continuava de pé no corredor. Sua cabine já estava preparada para dormir, então sugeri que deveria vir até a minha. Mandei pedir alguns drinques e começamos a beber. Conversamos sobre política mundial e o governo da Índia e nossas próprias dificuldades com a situação financeira da crise de Wall Street. Via de regra, não me acerto com britânicos, é um povo turrão, mas desse eu gostei.

– Sabe a que horas ele deixou o senhor?

– Bem tarde. Devia ser perto das duas horas, eu diria.

– Perceberam que o trem estava parado?

– Ah, sim. Ficamos indagando sobre isso por um tempo. Olhamos para fora e vimos a neve bem pesada, mas não achamos que fosse sério.

– O que aconteceu quando o coronel Arbuthnot finalmente lhe deu boa noite?

– Foi para a cabine dele, e chamei o condutor para arrumar minha cama.

– Onde o senhor estava enquanto ele a arrumava?

– De pé do lado de fora da porta, no corredor, fumando um cigarro.

– E depois?

– E depois fui para a cama e dormi até de manhã.

– Durante a noite, saiu do trem em algum momento?

– Arbuthnot e eu cogitamos descer em... como era o nome daquele lugar? – Vincovci, para esticar um pouco as pernas. Mas estava um frio de amargar, em meio a uma nevasca. Em seguida pulamos de volta para dentro.

– Por qual das portas desceram do trem?

– Pela que fica mais perto das nossas cabines.

– A que fica ao lado do vagão-restaurante?

– É.

– Lembra-se se estava travada?

MacQueen considerou.

– Ora, sim, acho que me lembro que estava. Ao menos havia uma espécie de pino atravessado na maçaneta. É disso que está falando?

– Sim. Ao retornar ao trem, vocês reposicionaram o pino?

– Ora, não, não acho que o tenha feito. Entrei por último. Não, não me lembro de ter feito isso.

Acrescentou de repente:

– É um ponto importante?

– Pode ser. Agora, presumo, monsieur, que enquanto o senhor e o coronel Arbuthnot estavam sentados conversando, a porta de sua cabine ficou aberta para o corredor?

Hector MacQueen assentiu.

– Gostaria, se possível, que me contasse se alguém passou pelo corredor *depois* de o trem deixar Vincovci até a hora em que vocês dois se despediram para a noite.

MacQueen ergueu as sobrancelhas.

– Acho que o condutor passou uma vez – disse –, vindo da direção do vagão-restaurante. E uma mulher passou no sentido contrário, indo naquela direção.

– Que mulher?

– Não sei dizer. Não reparei de fato. Entenda, estava justamente argumentando um ponto com Arbuthnot. Apenas recordo ter visto de relance alguma seda escarlate passando pela porta. Não observei e de qualquer modo não teria visto o rosto da pessoa. Como sabe, minha cabine fica de frente para a ponta que dá para o restaurante, então uma mulher passando pelo corredor naquela direção ficaria de costas para mim assim que passasse.

Poirot assentiu.

– Estava indo ao toalete, presumo?

– Imagino que sim.

– E a viu retornar?

– Bem, não, agora que o senhor diz, não a vi retornando, mas suponho que ela deve tê-lo feito.

– Só mais uma pergunta. Fuma cachimbo, sr. MacQueen?

– Não, senhor, não fumo.

Poirot fez um momento de pausa.

– Acho que é só pelo momento. Gostaria agora de falar com o criado do sr. Ratchett. Aliás, vocês dois sempre viajaram de segunda classe?

– Ele sim. Eu geralmente viajava de primeira, quando possível na cabine ao lado do sr. Ratchett. Assim ele guardava a maior parte da bagagem na minha cabine e ainda poderia ter fácil acesso a mim e à bagagem quando quisesse. Porém, nesta ocasião, todos os leitos da primeira classe estavam reservados, exceto por aquele em que ele viajou.

– Compreendo. Obrigado, sr. MacQueen.

Capítulo 3

O depoimento do criado

O americano foi seguido pelo pálido inglês de rosto inexpressivo em quem Poirot já havia reparado no dia anterior. Ficou parado, esperando com muita educação. Poirot fez menção para que entrasse e sentasse.

– Trabalha, pelo que entendo, como criado para o sr. Ratchett?

– Sim, senhor.

– Seu nome?

– Edward Henry Masterman.

– Idade?

– Trinta e nove anos.

– E seu endereço residencial?

– Rua Friar, número 21, Clerkenwell.

– Já está sabendo que seu patrão foi assassinado?

Sim, senhor. Uma ocorrência muito chocante.

– Pode agora me dizer, por favor, a que horas viu o sr. Ratchett pela última vez?

O criado considerou.

– Devia ser umas nove horas, senhor, ontem à noite. Ou talvez um pouco depois.

– Conte, em suas próprias palavras, o que exatamente aconteceu.

– Entrei para ver o sr. Ratchett, como de costume, e cuidar do que ele precisava.

– Quais eram as suas obrigações exatamente?

– Dobrar ou pendurar as roupas dele. Pôr sua dentadura na água e cuidar para que tivesse tudo de que necessitava para passar a noite.

– O comportamento dele era o mesmo de sempre?

O criado considerou por um instante.

– Bem, acho que ele estava aborrecido.

– De que jeito... aborrecido?

– Por conta de uma carta que estava lendo. Perguntou se havia sido eu quem a pusera na cabine. Falei que não fizera nada do tipo, mas ele me xingou e viu defeito em tudo o que eu estava fazendo.

– Isso foi algo incomum?

– Ah, não, senhor, ele perdia a paciência com facilidade, como se diz. Dependia do que havia acontecido para lhe causar o aborrecimento.

– Seu patrão alguma vez tomou remédio para dormir?

O dr. Constantine debruçou-se um pouco para frente.

– Sempre quando viajava de trem, senhor. Disse que não conseguia dormir de outro jeito.

– Sabe dizer que remédio ele tinha o hábito de ingerir?

– Não sei dizer com certeza. Não havia nome no vidro. Apenas “Preparado para dormir, tomar na hora de deitar”.

– Tomou na noite passada?

– Sim. Servi no copo e pus sobre a mesa da toalete, pronto para ele.

– Não chegou a vê-lo tomando?

– Não, senhor.

– O que aconteceu depois?

– Perguntei se ele precisava de mais alguma coisa e perguntei a que horas o sr. Ratchett desejava ser acordado de manhã. Disse que não queria ser perturbado até que tocasse a campainha.

– Isso era comum?

– Bastante comum, senhor. Costumava tocar a campainha para o condutor e então mandá-lo me chamar quando estava pronto para levantar.

– Era do tipo que normalmente acordava tarde ou cedo?

– Dependia do estado de espírito dele. Às vezes, levantava-se para o café da manhã, às vezes dormia até a hora do almoço.

– Então não ficou alarmado quando a manhã chegou ao fim e ele não o chamara?

– Não, senhor.

– Sabia que seu patrão tinha inimigos?

– Sim, senhor.

O homem falou sem emoção alguma.

– Como sabia?

– Eu o escutei falando sobre algumas cartas com o sr. MacQueen.

– Tinha algum afeto pelo seu empregador, Masterman?

A expressão de Masterman tornou-se, como se isso fosse possível, ainda mais inexpressiva do que já era normalmente.

– Não gostaria de falar disso, senhor. Era um empregador generoso.

– Mas não gostava dele?

– Digamos que eu não goste muito de americanos.

– Já esteve na América?

– Não, senhor.

– Lembra-se de ter lido nos jornais sobre um caso do sequestro na família Armstrong?

O rosto do homem ficou levemente enrubescido.

– Sim, de fato. Uma menininha, não foi? Um caso muito chocante.

– Sabia que seu empregador, sr. Ratchett, era o principal mandante daquele caso?

– Não, não sabia – o tom de voz do criado, pela primeira vez, denotava um verdadeiro calor e sentimento. – Não consigo acreditar, senhor.

– No entanto, é verdade. Agora, vamos repassar os seus movimentos de ontem à noite. É apenas questão de rotina. O que fez depois de deixar seu patrão?

– Fui avisar ao sr. MacQueen que o patrão mandara chamá-lo. Então fui para minha cabine e fiquei lendo.

– Sua cabine era...?

– Aquela do final da segunda classe. Junto do vagão-restaurante.

Poirot examinou sua planta baixa.

– Entendo... e qual era o seu beliche?

– O de baixo.

– O número 4?

– Sim, senhor.

– Há alguém lá com você?

– Sim. Um camarada grande, italiano.

– Fala inglês?

– Bem, um tipo de inglês – o tom do criado era depreciativo: – Ele esteve na América, em Chicago, pelo que entendi.

– Vocês se falam muito?

– Não, senhor, prefiro ler.

Poirot sorriu. Podia visualizar a cena: o italiano grandalhão e volúvel, e a afronta direta administrada pelo criado.

– E o que, se me permite perguntar, está lendo? – inquiriu.

– No momento estou lendo *Prisioneiro do amor*, da sra. Arabella Richardson.

– É uma boa história?

– Estou achando bastante divertida, senhor.

– Bem, continuemos. Retornou à sua cabine e leu *Prisioneiro do amor* até... que horas?

– Até umas dez e meia, pois esse italiano queria dormir. Então o condutor veio e arrumou as camas.

– Então foi deitar e dormiu?

– Fui deitar, mas não dormi.

– Por que não dormiu?

– Estava com dor de dente, senhor.

– *Oh, là, là*... isso é dolorido.

– Muito dolorido.

– Fez alguma coisa para amenizar?

– Apliquei um pouco de óleo de cravo, que aliviou a dor um pouco, mas ainda não conseguia pegar no sono. Acendi a luz da minha cabeceira e continuei a ler para me distrair.

– E não chegou a dormir nada?

– Sim, senhor, apaguei em torno das quatro da manhã.

– E seu companheiro de cabine?

– O camarada italiano? Ah, ele só roncava.

– Ele não saiu da cabine em momento algum durante a noite?

– Não, senhor.

– E você?

– Não, senhor.

– Ouviu alguma coisa durante a noite?

– Acho que não. Nada fora do normal, digo. O trem parado deixava tudo muito silencioso.

Poirot ficou em silêncio por alguns instantes. Então perguntou:

– Bem, acho que há pouca coisa a mais para ser dita. Não pode jogar alguma luz sobre a tragédia?

– Receio que não. Sinto muito, senhor.

– Até onde sabe, havia alguma indisposição ou mal-estar entre seu patrão e o sr. MacQueen?

– Ah, não. O sr. MacQueen sempre foi um cavalheiro muito agradável.

– Onde estava trabalhando antes de servir o sr. Ratchett?

– Com sir Henry Tomlinson, em Grosvernor Square.

– Por que saiu de lá?

– Ele estava de partida para a África Oriental e não precisava mais dos meus serviços. Mas estou certo de que falaria por mim. Fiquei uns bons anos com ele.

– E estava há quanto tempo com o sr. Ratchett?

– Pouco mais de nove meses, senhor.

– Obrigado, Masterman. A propósito, fuma cachimbo?

– Não, senhor. Fumo apenas cigarros, mata-ratos.

– Obrigado. Isso é tudo.

O criado hesitou um momento.

– Vai me perdoar, mas a senhora americana de mais idade está no que eu descreveria como um estado de nervos, senhor. Está dizendo que sabe tudo sobre o assassino. Está em uma condição muito exaltada.

– Neste caso – disse Poirot sorridente –, é melhor falarmos com ela a seguir.

– Quer que eu a avise, senhor? Está exigindo falar com alguma autoridade há um bom tempo. O condutor está tentando acalmá-la.

– Mande-a para nós, meu amigo – disse Poirot. – Vamos ouvir a história dela.

Capítulo 4

O depoimento da senhora americana

A sra. Hubbard chegou ao vagão-restaurante em tal estado emocional e com tamanha falta de fôlego que mal conseguia articular suas palavras.

– Agora me digam. Quem é a autoridade aqui? Tenho algumas informações muito importantes, *muito* importantes, de fato, e só vou contar para alguma autoridade assim que possível. Se os senhores cavalheiros...

Seu olhar titubeante flutuava passando de um para o outro. Poirot adiantou-se.

– Conte para mim, madame – disse. – Mas primeiro, por gentileza, queira sentar-se.

A sra. Hubbard deixou cair todo o seu peso no assento diante dele.

– O que tenho para lhe contar é isso. Havia um assassino no trem na noite passada, e o assassino estava lá, *na minha cabine*!

Fez uma pausa para dar ênfase dramática às palavras.

– Tem certeza disso, madame?

– É claro que tenho certeza! Que ideia! Sei do que estou falando. Vou lhe contar tudinho. Eu já estava na cama, dormindo e, de repente, acordo... estava tudo escuro... e sabia que havia um homem na minha cabine. Fiquei com tanto medo que não pude gritar, se sabe do que estou falando. Fiquei lá deitada e pensei: "Piedade, vão me matar!". Não sei descrever o que senti. Esses trens nojentos, pensei, e todos os ultrajes sobre os quais já li. E pensei: "Bem, de qualquer jeito ele não vai ficar com minhas joias". Porque, veja bem, eu as havia posto dentro de uma meia e escondido embaixo do meu travesseiro, o que não é muito confortável, aliás, ficou meio desnivelado, se é que me entende. Mas isso não vem ao caso. Onde é que eu estava?

– Quando percebeu, madame, que havia um homem em sua cabine.

– Pois bem, fiquei lá parada, de olhos fechados, pensando que no que deveria fazer, e pensei: "Bem, só agradeço que minha filha não sabe a desgraça em que me meti". E então, de algum jeito, consegui um momento de lucidez, tateei ao redor com a mão e apertei a campainha para chamar o condutor. Apertei e apertei, mas nada aconteceu, e posso lhe dizer que achei que meu coração fosse parar de bater. "Piedade", pensei comigo, "Talvez tenham matado todas as almas vivas desse trem". Estava tudo parado, enfim, e com uma sensação sórdida de silêncio no ar. Mas continuei apertando aquela campainha e, oh!, o alívio que foi quando ouvi os passos vindo me atender e uma batida na porta. "Entre", eu gritei, e acendi as luzes na mesma hora. E, dá para acreditar?, não havia ninguém ali.

Aquilo pareceu para a sra. Hubbard como sendo o clímax dramático, e não o anticlímax.

– E o que aconteceu a seguir, madame?

– Ora, contei para o homem o que acontecera, mas ele não pareceu ter acreditado em mim. Parecia imaginar que eu sonhara a coisa toda. Fiz com que examinasse embaixo do banco, embora ele dissesse que não havia espaço para um homem se enfiar ali. Era evidente que o homem escapara, mas *havia* um homem ali antes e me deixou muito irritada o jeito como o condutor tentou me acalmar! Não sou do tipo que imagina coisas, senhor... não creio que saiba seu nome?

– Poirot, madame, e este é monsieur Bouc, um dos diretores da empresa, e dr. Constantine.

A sra. Hubbard murmurou:

– Prazer em conhecê-los, certamente – disse aos três ao mesmo tempo de maneira distraída e então mergulhou mais uma vez em seu recital.

– Agora, não vou fingir que eu tenha sido muito inteligente. Enfiei na cabeça que era o homem do lado, o pobre camarada que foi morto. Pedi ao condutor para examinar a porta que divide as cabines e, vejam só, não estava trancada. Bem, cuidei disso em seguida, pedindo que ele a trancasse na mesma hora e, assim que ele saiu, pus uma mala contra a porta para garantir.

– A que horas foi isso, sra. Hubbard?

– Bem, é certo que não posso afirmar. Não olhei. Estava muito nervosa.

– E qual é sua teoria agora?

– Ora, diria que é claro como água. O homem na minha cabine era o assassino. Quem mais poderia ser?

– E acha que ele retornou à cabine ao lado?

– Como vou saber aonde ele foi? Estava com os olhos cerrados.

– Deve ter se esgueirado pela porta que dá para o corredor.

– Bem, não saberia dizer. Entenda, eu estava de olhos cerrados.

A sra. Hubbard suspirou convulsamente.

– Misericórdia, eu estava com medo! Se minha filha soubesse...

– Não acha, madame, que o que ouviu pode ter sido o ruído de alguém se mexendo na cabine ao lado, no compartimento do homem assassinado?

– Não, não acho, senhor... como é mesmo? Poirot. O homem estava *bem ali na mesma cabine que eu*. E, além disso, tenho provas.

Triunfante, arrastou para si uma valise grande e começou a cavoucar em seu interior.

Tirou dali dois grandes lenços limpos, um par de óculos com armação tartaruga, um vidro de aspirina, um pacote de sais de Glauber, um tubo de acetato de pastilhas de hortelã de cor verde brilhante, um molho de chaves, um par de tesouras, um talão de cheques de viagem da American Express, a foto de uma criança de uma feiura extraordinária, algumas cartas, cinco cordões de contas pseudo-orientais e um pequeno objeto de metal: um botão.

– Estão vendo este botão? Bem, não é um dos *meus* botões. Não caiu de nada que eu tenha. Encontrei isso esta manhã, quando levantei.

Ao colocá-lo na mesa, monsieur Bouc inclinou-se para frente com uma exclamação.

– Mas este botão é da túnica de um atendente da Wagon Lit!

– Pode haver uma explicação natural para isso – declarou Poirot.

Virou-se para a senhora, afável.

– Este botão, madame, pode ter caído do uniforme do condutor, tanto ao revistar sua cabine quanto ao arrumar a cama na noite passada.

– Simplesmente não entendo qual é o problema com todo mundo. Parece que não fazem nada a não ser colocar empecilhos. Agora, escutem. Estava lendo uma revista ontem à noite antes de dormir. Antes de apagar a luz, pus a revista sobre uma maletinha que estava no chão junto da janela. Estão entendendo?

Eles garantiram que sim.

– Muito bem, então. O condutor estava parado perto da porta quando examinou embaixo do assento, entrou e trancou a porta entre as cabines, mas nunca chegou perto da janela. Bem, hoje de manhã, este botão estava parado em cima da revista. Que nome dão para isso, é o que eu gostaria de saber?

– Isso, madame, eu chamo de provas – disse Poirot.

A resposta pareceu apaziguar a senhora.

– Fico mais brava que um marimbondo quando sou desacreditada – explicou.

– A senhora nos deu um depoimento muitíssimo interessante e valioso – disse Poirot de modo tranquilizador. – Agora posso lhe fazer algumas perguntas?

– Ora, fique à vontade.

– Já que estava nervosa por conta desse homem, Ratchett, como foi que a senhora já não havia passado a tranca na porta que divide as cabines?

– Eu passei – devolveu a sra. Hubbard prontamente.

– Oh, a senhora passou?

– Para dizer a verdade, perguntei àquela criatura sueca, uma alma boa, se estava trancada, e ela afirmou que estava.

– E por que a senhora não podia verificar por si mesma?

– Porque estava na cama, e a nécessaire estava pendurada na maçaneta.

– Que horas eram quando pediu que ela verificasse isso para a senhora?

– Deixe-me pensar. Deve ter sido em torno das dez e meia ou quinze para as onze. Ela dera uma passada para ver se eu tinha aspirina. Disse onde podia encontrar, e ela pegou na minha mala.

– A senhora estava deitada?

– Sim.

De repente, ela riu.

– Pobrezinha, estava à morte. Vejam bem, abrira a porta da cabine vizinha por engano.

– A do sr. Ratchett?

– Sim. Sabem como é difícil quando se vem andando pelo trem e todas as portas estão fechadas. Abriu a dele por engano. Estava muito aflita por isso. Ele riu, parece, e imagino que deve ter digo algo não muito gentil. Pobrezinha, estava em alas: "Oh! Eu fazer um erro", ela disse. "Eu com vergonha, fazer algo errado. Homem não bom", ela disse. "Ele diz: 'Você velha demais'".

O dr. Constantine deu uma risadinha contida e a sra. Hubbard imediatamente o congelou com o olhar.

– Não era um homem gentil – ela disse. – Sair dizendo uma coisa dessas para uma dama. Não é certo rir dessas coisas.

O dr. Constantine desculpou-se mais que depressa.

– Escutou algum ruído da cabine do sr. Ratchett depois disso? – perguntou Poirot.

– Bem... não exatamente.

– O que quer dizer com isso, madame?

– Bem... – fez uma pausa. – Ele roncava.

– Ah! Roncava, é mesmo?

– Era terrível. Na noite anterior, aquilo me manteve acordada.

– Não o ouviu roncar depois de seu susto com o homem que estava em sua cabine?

– Ora, sr. Poirot, como poderia? Ele estava morto.

– Sim, é verdade – disse Poirot. Ele aparentava confusão. – Lembra-se do caso do sequestro Armstrong, sra. Hubbard? – perguntou.

– Sim, de fato lembro. E de como o patife que fez aquilo escapou ileso! Minha nossa, eu gostaria de botar as minhas mãos nele.

– Não escapou. Está morto. Morreu esta noite.

– Não está sugerindo...? – sra. Hubbard quase levantou da cadeira de tanta animação.

– Mas sim, estou. Ratchett era o sujeito.

– *Ora*! Ora, quem diria! Preciso escrever e contar para a minha filha. Agora, não lhe disse ontem à noite que aquele homem tinha cara de malvado? Tinha razão, está vendo. Minha filha sempre diz: "Quando a minha mãe tem um palpite, pode apostar até o último dólar que está correto".

– A senhora conhecia alguém da família Armstrong, sra. Hubbard?

– Não. Eles frequentavam um círculo muito exclusivo. Mas sempre ouvi dizer que a sra. Armstrong era uma mulher adorável e que o marido a idolatrava.

– Bem, sra. Hubbard, a senhora nos ajudou muito, muito mesmo. Talvez pudesse me fornecer seu nome completo?

– Ora, com certeza. Caroline Martha Hubbard.

– Pode escrever seu endereço aqui?

A sra. Hubbard o fez sem parar de falar.

– Não consigo parar de pensar. Cassetti, neste trem. Tive uma intuição sobre aquele homem, não foi, sr. Poirot?

– Sim, de fato, madame. A propósito, a senhora tem uma camisola de seda vermelha?

– Tenha piedade, que pergunta estranha! Oras, não. Tenho duas camisolas comigo, uma de flanela rosa, que é bem aconchegante para viajar de navio, e outra que minha filha me deu de presente, um pouco étnica de seda roxa. Mas por que motivo quer saber sobre as minhas camisolas?

– Veja bem, madame, alguém em um quimono escarlate entrou na cabine do sr. Ratchett ou no seu ontem à noite. É, como acaba de dizer, muito difícil, quando todas as portas estão fechadas, saber qual é qual.

– Ninguém em uma camisola vermelha entrou na minha cabine.

– Então deve ter sido na do sr. Ratchett.

A sra. Hubbard apertou os lábios e disse em tom sombrio:

– Não me surpreende nem um pouco.

Poirot inclinou-se para frente.

– Então escutou uma voz de mulher no quarto ao lado?

– Não sei de onde está tirando isso, sr. Poirot. Na realidade não. Mas... bem... para dizer a verdade, *escutei.*

– No entanto, quando lhe perguntei ainda agora se ouvira alguma coisa no quarto ao lado, disse apenas que escutou o sr. Ratchett roncando.

– Bem, isso é bem verdade. Ele roncou *sim* por parte do tempo. Na outra parte... – a sra. Hubbard ficou bastante rosada. – Não é de bom tom falar disso.

– Que horas eram quando ouviu voz de mulher?

– Não sei dizer. Acordei por um minuto e escutei uma mulher conversando, e era bem evidente onde ela estava. Então pensei: "Esse é o tipo de homem que ele é. Não me surpreende". Então voltei a dormir e tenho certeza de que jamais teria mencionado nada do tipo para três estranhos cavalheiros se não tivessem arrancado isso de mim.

– Foi antes do susto do homem na sua cabine ou depois?

– Ora, é como o senhor disse agora há pouco! Não haveria uma mulher falando com ele se estivesse morto, haveria?

– *Pardon.* Deve me achar muito burro, madame.

– Acho que até vocês ficam meio atrapalhados de vez em quando. Estou pasma que era aquele monstro do Cassetti. O que a minha filha vai dizer...

Poirot conseguiu, com muita habilidade, ajudar a boa senhora a guardar o conteúdo de sua bolsa e então a encaminhou em direção da porta.

No último momento, falou:

– Deixou cair seu lenço, madame.

A sra. Hubbard olhou para o pequeno retalho de cambraia que ele lhe mostrava.

– Não é meu, sr. Poirot. Estou com o meu bem aqui.

– *Pardon.* Achei que era, pois tem a inicial H escrita nele...

– Bem, isso é curioso, mas certamente não é meu. Os meus estão marcados com C.M.H., e são artigos sensatos, não uma bugiganga caríssima de Paris. Para que serve um lenço desses no nariz de alguém?

Nenhum dos três pareceu ter a resposta para a pergunta, e a sra. Hubbard saiu dali triunfante.

Capítulo 5

O depoimento da senhora sueca

Monsieur Bouc estava manuseando o botão que a sra. Hubbard deixara para trás.

– Este botão. Não entendo. Quer dizer que, no fim das contas, Pierre Michel está envolvido de alguma forma? – indagou. Fez uma pausa, então insistiu quando Poirot não deu resposta. – O que tem a dizer, meu amigo?

– Esse botão sugere possibilidades – disse Poirot pensativo. – Vamos entrevistar a seguir a senhora sueca antes de discutirmos o depoimento que acabamos de ouvir.

Remexeu na pilha de passaportes que tinha diante de si.

– Ah! Aqui está. Greta Ohlsson, 49 anos.

Monsieur Bouc deu instruções ao atendente do restaurante, e, em seguida, a senhora de coque grisalho amarelado com feições alongadas e dóceis foi levada até eles. Investigou Poirot, com seu olhar míope, através das lentes dos óculos, mas estava bastante calma.

Como entendia e falava francês, a conversa se deu naquele idioma. Poirot primeiro fez as perguntas para as quais já sabia a resposta: seu nome, sua idade, seu endereço. Então perguntou sua ocupação.

Ela era, segundo lhe contou, supervisora em uma escola de missionários próxima de Istambul. Tinha treinamento em enfermagem.

– Sabe, é claro, o que ocorreu na noite passada, mademoiselle?

– Naturalmente. É muito espantoso. E a senhora americana diz que o assassino esteve, na verdade, na cabine dela.

– Ouvi dizer, mademoiselle, que foi a última pessoa a ver o morto ainda com vida?

– Não sei. Pode ser. Abri a porta da cabine dele por engano. Fiquei muito envergonhada. Foi um erro dos mais embaraçosos.

– Chegou a vê-lo de fato?

– Sim. Estava lendo um livro. Pedi desculpas, apressadamente, e me retirei.

– Ele lhe disse alguma coisa?

Um leve rubor surgiu nas faces da respeitável dama.

– Riu e disse umas poucas palavras. Eu... não entendi direito.

– E o que fez depois disso, mademoiselle? – perguntou Poirot, mudando de assunto com muito tato.

– Entrei para falar com a senhora americana, sra. Hubbard. Perguntei se tinha uma aspirina, e ela me deu.

– Ela lhe perguntou se a porta que dividia a cabine dela e a do sr. Ratchett estava trancada?

– Sim.

– E estava?

– Sim.

– E depois disso?

– Depois, voltei para a minha cabine, tomei a aspirina e me deitei.

– A que horas foi tudo isso?

– Quando deitei na cama, vi que eram cinco para as onze, porque consulto o relógio antes de dar corda.

– Caiu no sono logo?

– Não, não tão logo. Minha cabeça melhorou, mas fiquei acordada por um tempo.

– O trem já havia parado antes de a senhora pegar no sono?

– Acho que não. Paramos, penso eu, em uma estação, assim que comecei a ficar sonolenta.

– Essa seria Vincovci. Vejamos, sua cabine, mademoiselle, é esta? – indicou na planta baixa.

– Essa mesma, sim.

– Tem o beliche de cima ou de baixo?

– O de baixo, número 10.

– E tem uma companheira de viagem?

– Sim, uma jovem dama inglesa. Muito gentil, muito amável. Está vindo de Bagdá.

– Depois que o trem saiu de Vincovci, ela saiu da cabine?

– Não, tenho certeza de que não saiu.

– Como tem certeza se estava dormindo?

– Meu sono é muito leve. Estou acostumada a acordar com qualquer ruído. Estou certa de que, se ela tivesse descido do beliche de cima, eu teria acordado.

– A senhora saiu da cabine?

– Só hoje de manhã.

– Tem um quimono de seda escarlate, mademoiselle?

– Não. Tenho uma boa camisola confortável da marca Jaeger. É uma aba de cor malva-clara, do tipo que se compra no Oriente.

Poirot assentiu. Então disse em tom amigável:

– Por que está fazendo esta viagem. Férias?

– Sim, estou voltando para casa para passar as férias. Mas primeiro vou a Lausanne para passar uma semana com uma irmã.

– Talvez pudesse me fazer a gentileza de escrever o nome e o endereço de sua irmã?

– Com prazer.

Pegou o papel e o lápis que ele lhe deu e escreveu o nome e o endereço conforme solicitado.

– Já esteve na América, mademoiselle?

– Não. Quase fui uma vez. Era para ter acompanhado uma senhora inválida, mas ela cancelou na última hora. Fiquei muito chateada. São muito bons, os americanos. Doam muito dinheiro para a fundação de escolas e hospitais. São muito práticos.

– Lembra-se de ter ouvido sobre o caso do sequestro Armstrong?

– Não, do que se trata?

Poirot explicou.

Greta Ohlsson ficou indignada. Seu coque de cabelo amarelado tremia de emoção.

– Como podem existir no mundo homens tão maus? Testa a fé das pessoas. Pobre da mãe. Meu coração dói por ela.

A amigável sueca partiu, seu rosto doce estava vermelho, e os olhos, cheios de lágrimas.

Poirot escrevia sem parar em uma folha de papel.

– O que está escrevendo aí, meu amigo? – perguntou monsieur Bouc.

– *Mon cher*, tenho o hábito de ser metódico e organizado. Estou fazendo aqui uma tabelinha dos eventos cronológicos.

Terminou de escrever e passou o papel para monsieur Bouc.

21h15	Trem deixa Belgrado.
Cerca de 21h40	Criado deixa Ratchett com remédio para dormir do lado dele.
Cerca de 22h	MacQueen deixa Ratchett.
Cerca de 22h40	Greta Ohlsson vê Ratchett (vivo pela última vez).
	Obs: Estava acordado lendo um livro.
0h10	Trem deixa Vincovci (atrasado).
0h30	Trem encontra um banco de neve.
0h37	A campainha de Ratchett toca. Condutor atende. Ratchett diz: "*Ce n'est rien. Je me suis trompé.*"
Cerca de 1h17	Sra. Hubbard pensa haver um homem em sua cabine. Chama o condutor.

Monsieur Bouc anuiu em aprovação.

– Está muito claro – disse.

– Não há nada aqui que lhe soe estranho?

– Não, parece bastante claro e com tudo nos conformes. Parece bem evidente que o crime foi cometido à 1h15. A prova do relógio nos mostra isso, e a história da sra. Hubbard se encaixa. Na minha cabeça, arriscaria o palpite da identidade do assassino. Diria, meu amigo, que é o grandão italiano. Vem da América, de Chicago... e lembre-se de que a arma do italiano é uma faca, e ele apunhala não uma, mas várias vezes.

– É verdade.

– Sem dúvida, esta é a solução do mistério. Não há dúvida de que ele e este Ratchett estavam juntos nesse negócio do sequestro. Cassetti é um nome italiano. De alguma forma, Ratchett deve ter feito o que chamam de jogo duplo. O italiano o rastreia, primeiro manda cartas de advertência e por fim se vinga de maneira brutal. É tudo muito simples.

Poirot balança a cabeça com dúvidas.

– Não é nada tão simples como parece, receio – murmurou.

– Eu, no caso, estou convencido de que é a verdade – afirmou monsieur Bouc, cada vez mais enamorado de sua teoria.

– E que dizer do criado com dor de dente que jura que o italiano nunca saiu da cabine?

– Essa é a dificuldade.

Os olhos de Poirot brilharam.

– Sim, é irritante isso. Má sorte para a sua teoria, e uma tremenda sorte para o nosso amigo italiano que o criado de sr. Ratchett tivesse a dor de dente.

– Tudo será explicado – disse monsieur Bouc com uma certeza magnífica.

Poirot balançou a cabeça de novo.

– Não, nada é tão simples como parece – voltou a murmurar.

Capítulo 6

O depoimento da princesa russa

– Vamos ouvir o que Pierre Michel tem a dizer sobre o botão – propôs.

O condutor da Wagon Lit foi chamado novamente. Encarou-os com ar inquiridor.

Monsieur Bouc limpou a garganta.

– Michel – falou. – Há um botão aqui da sua túnica. Foi encontrado na cabine da senhora americana. O que tem a dizer sobre isso?

A mão do condutor fez um movimento automático para tocar a túnica.

– Não perdi nenhum botão, monsieur – disse. – Deve haver algum engano.

– Isso é muito estranho.

– Não sei como explicá-lo, monsieur.

O homem parecia estupefato, mas de forma alguma culpado ou confuso.

Monsieur Bouc disse de modo expressivo:

– Devido às circunstâncias nas quais foi encontrado, parece bastante claro que este botão foi perdido pelo homem que esteve na cabine da sra. Hubbard na noite passada quando ela tocou a campainha.

– Mas, monsieur, não havia ninguém lá. Aquela senhora deve ter imaginado.

– Não imaginou, Michel. O assassino do sr. Ratchett passou por ali *e deixou cair esse botão.*

Quando o significado das palavras de monsieur Bouc tornou-se evidente, Pierre Michel entrou em um violento estado de agitação.

– Não é verdade, monsieur, não é verdade! – gritava. – Está me acusando do crime. A mim? Sou inocente. Sou absolutamente inocente. Por que desejaria matar um monsieur que jamais havia visto antes?

– Onde estava quando a campainha de sra. Hubbard tocou?

– Já lhe disse, monsieur, no carro ao lado, falando com o meu colega.

– Vou mandar chamá-lo.

– Faça isso, monsieur, estou lhe implorando.

O condutor do vagão seguinte foi chamado. De imediato, confirmou a declaração de Pierre Michel. Acrescentou que o condutor do vagão para Bucareste também estivera ali. Os três estavam debatendo a situação causada pela neve. Estavam conversando por uns dez minutos quando Michel pensou ter escutado uma campainha. Ao abrir as portas que conectavam os dois vagões, todos escutaram claramente. Uma campainha tocava repetidas vezes. Michel então correu, apressadíssimo, para atender.

– Está vendo, monsieur, não sou culpado – exclamou Michel, ansioso.

– E este botão de uma túnica da companhia Wagon Lit, como se explica?

– Não sei, monsieur. É um mistério para mim. Todos os meus botões estão intactos.

Os outros dois condutores também declararam que não haviam perdido nenhum botão. Também não haviam estado na cabine da sra. Hubbard em momento algum.

– Acalme-se, Michel – disse monsieur Bouc –, e volte seus pensamentos para o momento em que correu para atender a campainha da sra. Hubbard. Encontrou alguém no corredor?

– Não, monsieur.

– Viu alguém se distanciando de você, seguindo pelo corredor na direção contrária?

– Mais uma vez, não, monsieur.

– Estranho – disse monsieur Bouc.

– Nem tanto – disse Poirot. – É uma questão de tempo. A sra. Hubbard acorda e encontra alguém em sua cabine. Por um ou dois minutos, fica paralisada, de olhos fechados. Provavelmente foi aí que o homem escapou para o corredor. Depois, ela começa a tocar a campainha. Mas o condutor não vem de imediato. É só lá pela terceira ou quarta vez que ele escuta. Eu mesmo diria que houve tempo de sobra...

– Para quê? Para que, *mon cher*? Lembre-se de que havia uma forte nevasca caindo em torno de todo o trem.

– Há dois caminhos livres para o nosso misterioso assassino – disse Poirot devagar. – Poderia tanto se retirar para os banheiros quanto poderia sumir para dentro de uma das cabines.

– Mas estavam todas ocupadas.

– Sim.

– Está querendo dizer que poderia recuar para sua *própria* cabine?

Poirot assentiu.

– Isso se encaixa – murmurou monsieur Bouc. – Durante a ausência de dez minutos do condutor, o assassino sai de sua cabine, entra na de Ratchett, o mata, tranca e acorrenta a porta por dentro, sai pela da sra. Hubbard e retorna em segurança para sua própria cabine até o momento em que o condutor chega.

Poirot murmurou:

– Não é tão simples assim, meu amigo. Nosso amigo, o doutor aqui vai lhe dizer.

Com um gesto, monsieur Bouc deu sinal para que os três condutores partissem.

– Ainda temos de falar com oito passageiros – disse Poirot.

– Cinco da primeira classe: princesa Dragomiroff, conde e condessa Andrenyi, coronel Arbuthnot e sr. Hardman. Três da segunda classe: srta. Debenham, Antonio Foscarelli e a camareira alemã, fräulein Schmidt.

– Com quem quer falar primeiro, com o italiano?

– Como insiste nesse italiano! Não, vamos começar pela copa da árvore. Quem sabe *madame la princesse* faria a gentileza de nos conceder alguns minutos de seu tempo. Passe a mensagem a ela, Michel.

– *Oui, monsieur* – disse o condutor, que estava deixando o vagão.

– Diga-lhe que podemos atendê-la em sua cabine se não quiser se dar ao trabalho de vir até aqui – avisou monsieur Bouc.

Contudo, a princesa Dragomiroff recusou essa opção. Apresentou-se no vagão-restaurante, inclinou a cabeça de leve e sentou-se diante de Poirot.

Seu pequeno rosto de sapo parecia ainda mais amarelado do que no dia anterior. Era com certeza feia, mas, ainda assim, tal como um sapo, seus olhos eram como duas gemas preciosas, escuros, imperiosos, revelando uma energia latente e uma força intelectual que se podia sentir de imediato.

A voz dela era profunda, muito distinta, com uma leve qualidade dissonante.

Interrompeu uma frase floreada de desculpas de monsieur Bouc.

– Não precisam oferecer desculpas, messieurs. Entendo que ocorreu um assassinato. Naturalmente, devem interrogar todos os passageiros. Ficarei feliz em lhes dar toda a assistência que estiver a meu alcance.

– A senhora é afabilíssima, madame – disse Poirot.

– De modo algum. É minha obrigação. O que desejam saber?

– Seu nome completo e endereço, madame. Talvez prefira escrever por si mesma?

Poirot ofereceu uma folha de papel e lápis, mas a princesa desconsiderou os dois.

– O senhor pode escrever – disse. – Não há nada complicado. Natalia Dragomiroff, Avenida Kleber, 17, Paris.

– Está voltando de Constantinopla, madame?

– Sim, estava hospedada na embaixada austríaca. Minha criada está comigo.

– Teria a bondade de nos fazer um breve relato de seus movimentos ontem à noite após o jantar?

– Com prazer. Ordenei ao condutor que arrumasse minha cama enquanto eu estava no vagão-restaurante. Eu me retirei para dormir imediatamente depois do jantar. Li até as onze horas, quando desliguei a luz. Não consegui dormir devido a certas dores reumáticas das quais eu sofro. Em torno de quinze para a uma, chamei por minha criada. Ela fez uma massagem e então leu em voz alta até eu ficar sonolenta. Não posso informar com exatidão a que horas ela me deixou. Pode ter passado meia hora, pode ter passado mais.

– O trem já estava parado?

– Estava parado.

– Não ouviu nada incomum durante esse tempo, madame?

– Não ouvi nada incomum.

– Qual é o nome de sua criada, madame?

– Hildegarde Schmidt.

– Trabalha com a senhora faz tempo?

– Quinze anos.

– A senhora a considera de confiança?

– Inteiramente. A família dela vem da propriedade do meu falecido marido na Alemanha.

– Já esteve na América, presumo, madame?

A mudança abrupta de assunto fez com que a idosa levantasse as sobrancelhas.

– Muitas vezes.

– Em algum momento chegou a conhecer uma família de nome Armstrong, uma família na qual ocorreu uma tragédia?

Com certa emoção na voz, a idosa disse:

– Está se referindo a amigos meus, monsieur.

– Conhecia bem o coronel Armstrong, então?

– Eu o conhecia pouco, mas a esposa, Sonia Armstrong, era minha afilhada. Eu era muito amiga da mãe dela, a atriz,

Linda Arden. Linda Arden era de uma genialidade, uma das maiores atrizes trágicas do mundo. No papel de Lady Macbeth, ou como Magda, não havia ninguém que lhe chegasse aos pés. Não apenas era admiradora de sua arte, eu era uma amiga íntima.

– Ela morreu?

– Não, não, ela ainda vive, mas em absoluto isolamento. Sua saúde é muito delicada, tem de ficar deitada a maior parte do tempo.

– Havia, creio, uma segunda filha?

– Sim, bem mais nova do que a sra. Armstrong.

– E ela vive?

– Certamente.

– Onde está?

A velha lançou-lhe um olhar aguçado.

– Preciso lhe perguntar a razão para essas perguntas. O que elas têm a ver com o assunto em questão, o assassinato neste trem?

– Estão conectadas da seguinte forma, madame: o homem assassinado foi o responsável pelo sequestro e assassinato da filha da sra. Armstrong.

– Ah!

As sobrancelhas retas se uniram. A princesa Dragomiroff ajeitou-se na cadeira para uma postura mais ereta.

– Pelo que vejo, então, este assassinato é um acontecimento totalmente admirável! Vão me perdoar o ponto de vista um pouco tendencioso.

– É muito natural, madame. E, agora, para voltarmos à pergunta não respondida. Onde está a filha mais nova de Linda Arden, a irmã da sra. Armstrong?

– Com toda a honestidade, não sei lhe informar, monsieur. Perdi contato com a geração mais nova. Acho que se casou com um inglês alguns anos atrás e foi para a Inglaterra, mas no momento não lembro o nome dele.

Fez um instante de pausa, então disse:

– Há mais alguma coisa que gostariam de me perguntar, cavalheiros?

– Apenas mais uma, madame, uma pergunta um tanto pessoal. A cor de sua camisola.

Ela ergueu um pouco as sobrancelhas.

– Devo supor que haja um motivo para a pergunta. Minha camisola é de cetim azul.

– Isso é tudo, madame. Fico muito agradecido por responder às minhas perguntas de forma tão pontual.

Ela fez um pequeno gesto com a mão pesada de anéis.

Então, ao se levantar, e os outros junto com ela, parou.

– Vai me perdoar, monsieur – disse –, mas posso perguntar seu nome? Seu rosto me é um tanto familiar.

– Meu nome, madame, é Hercule Poirot, ao seu dispor.

Ficou em silêncio um momento, então disse:

– Hercule Poirot – falou. – Sim, agora me lembro. É a mão do destino.

Ela se distanciou, muito ereta, um pouco rígida em seus movimentos.

– *Voilà une grande dame* – disse monsieur Bouc. – O que acha dela, meu amigo?

Mas Hercule Poirot apenas sacudiu a cabeça.

– Estou me perguntando – comentou – o que ela quis dizer com destino.

Capítulo 7

O depoimento do conde e da condessa Andrenyi

O conde e a condessa Andrenyi foram os próximos a serem convocados. O conde, porém, entrou no vagão sozinho.

Não havia dúvidas de que, cara a cara, era um homem bem-apessoado. Tinha pelo menos um metro e oitenta de altura, com ombros largos e quadris estreitos. Vestia tweed inglês muito bem-cortado e poderia ter sido confundido com um britânico, não fosse pelo comprimento do bigode e algo no traçado das maçãs do rosto.

– Bem, messieurs – falou –, o que posso fazer pelos senhores?

– Compreenda, monsieur – disse Poirot –, que, em vista do ocorrido, sou obrigado a colocar certas questões para todos os passageiros.

– Perfeitamente, perfeitamente – disse o conde com tranquilidade. – Entendo bem sua posição. Não que, receio, eu e minha mulher possamos ajudar muito. Estávamos dormindo e não ouvimos absolutamente nada.

– Está ciente da identidade do falecido, monsieur?

– Entendo que é o americano grandão, um homem com um rosto decididamente desagradável. Sentava-se à mesa na hora das refeições.

Indicou com um movimento da cabeça a mesa à qual se sentavam Ratchett e MacQueen.

– Sim, sim, monsieur, está perfeitamente correto. Estava me referindo a se sabia o nome do homem?

– Não.

O conde parecia completamente perplexo diante das indagações de Poirot.

– Se quiser saber o nome – disse –, com certeza está no passaporte?

– O nome no passaporte é Ratchett – disse Poirot. – Mas este, monsieur, não é seu nome verdadeiro. Ele é o tal Cassetti, responsável por um célebre e ultrajante sequestro na América.

Observou o conde muito de perto enquanto falava, mas este não parecia nada afetado com aquela informação. Apenas arregalou um pouco os olhos.

– Ah! – exclamou. – Isso com certeza deve esclarecer em parte a questão. Um país extraordinário a América.

– Já esteve lá, talvez, *monsieur le comte*?

– Passei um ano em Washington.

– Conheceu, quem sabe, a família Armstrong?

– Armstrong... Armstrong... é difícil lembrar, a gente conhece tantas pessoas.

Sorriu, dando de ombros.

– Mas, voltando ao assunto em questão, senhores – disse. – Em que mais posso ajudar?

– Retirou-se para descansar a que horas, *monsieur le comte*?

Os olhos de Poirot verificaram a planta dos vagões. O conde e a condessa Andrenyi ocupavam as cabines contíguas de número 12 e 13.

– Mandamos arrumar uma das cabines para a noite enquanto estávamos no restaurante. Ao retornarmos, nos sentamos na outra por um tempo...

– Qual das cabines seria?

– Número 13. Jogamos cartas. Em torno das onze horas, minha mulher retirou-se para dormir. O condutor arrumou minha cabine, e também me deitei. Dormi profundamente até de manhã.

– Percebeu a parada do trem?

– Não estava ciente disso até esta manhã.

– E sua esposa?

O conde sorriu.

– Minha mulher sempre toma um preparado para dormir quando viaja de trem. Tomou a sua dose de costume.

Fez uma pausa.

– Sinto muito que não possa ajudá-los de nenhuma forma.

Poirot passou para ele uma folha de papel e uma caneta.

– Obrigado, *monsieur le comte*. É uma formalidade, mas poderia me fornecer seu nome e endereço?

O conde escreveu devagar e com cuidado.

– É melhor mesmo que eu escreva isso para vocês – disse com tom afável. – A grafia do meu país é um pouco difícil para quem não tem familiaridade com a língua.

Passou o papel para Poirot e levantou-se.

– Seria bastante desnecessário que minha esposa viesse até aqui – disse. – Ela não pode lhes informar nada além do que já falei.

Um brilho faiscou no olhar de Poirot.

– Sem dúvida, sem dúvida – disse. – Mas mesmo assim acho que gostaria de ter uma palavrinha com *madame la comtesse.*

– Garanto que é bastante desnecessário.

A voz dele soava autoritária.

Poirot piscou com delicadeza.

– Será uma mera formalidade – afirmou. – Mas o senhor compreende, é necessário para meu relatório.

– Como desejar.

O conde deu passagem de má vontade. Fez uma cortesia estrangeira rápida e saiu do vagão.

Poirot esticou a mão para apanhar um dos passaportes. Exibia o nome e os títulos do conde. Passou para as informações adicionais: *acompanhado pela esposa.* Nome de batismo, Elena Maria; nome de solteira Goldenberg; idade, vinte anos. Uma mancha de gordura fora deixada nele em algum momento por um oficial descuidado.

– Um passaporte diplomático – disse monsieur Bouc. – Devemos ter cuidado, meu amigo, para não ofender. Essas pessoas não podem ter nada a ver com o assassinato.

– Vá com calma, *mon vieux*, usarei de extremo tato. Uma mera formalidade.

A voz dele abaixou quando a condessa Andrenyi entrou no vagão-restaurante. Parecia tímida e extremamente encantadora.

– Desejam falar comigo, *messieurs*?

– Uma mera formalidade, *madame la comtesse* – Poirot ergueu-se, galanteador, e fez uma reverência apontando-lhe o assento à sua frente. – É apenas para lhe perguntar se viu ou ouviu alguma coisa na noite passada que possa trazer uma pista sobre essa questão.

– Nada mesmo, monsieur. Estava dormindo.

– Não ouviu, por exemplo, uma comoção acontecendo na cabine ao lado da sua? A senhora americana que o ocupa teve um ataque e tanto de histeria e chamou pelo condutor.

– Não escutei nada, monsieur. Tomei um preparado para dormir.

– Ah! Compreendo. Bem, não preciso retê-la aqui por mais tempo.

Então, quando ela se levantou com rapidez, Poirot perguntou:

– Só mais um instante! Estes detalhes, seu nome de solteira, idade e assim por diante, estão corretos?

– Bastante corretos, monsieur.

– Talvez possa assinar este memorando para confirmar, então.

Assinou rapidamente, uma letra bonita e inclinada.

Elena Andrenyi.

– A senhora acompanhou seu marido quando ele esteve na América, madame?

– Não, monsieur – sorriu, corando um pouco. – Não éramos casados ainda. Estamos casados há apenas um ano.

– Ah, sim, obrigado, madame. A propósito, seu marido fuma?

Ela o fitou já pronta para partir.

– Sim.

– Cachimbo?

– Não. Cigarros e charutos.

– Ah! Obrigado.

Ela se demorou; seus olhos o examinavam com curiosidade. Eram olhos adoráveis, escuros e amendoados, com cílios muito longos e negros que varriam a palidez sofisticada das bochechas. Os lábios, muito vermelhos, no estilo estrangeiro, estavam um pouco entreabertos. Sua aparência era exótica e linda.

– Por que me perguntou isso?

– Madame – Poirot fez um aceno qualquer com a mão –, detetives devem fazer todo tipo de pergunta. Por exemplo, talvez possa me informar a cor de sua camisola?

Ela o encarou. Então riu.

– É amarela, de chiffon. Isso é mesmo importante?

– Muito importante, madame.

Perguntou com curiosidade:

– É um detetive de verdade, então?

– A seu serviço, madame.

– Achei que não havia detetives no trem quando se atravessa a Iugoslávia, não até chegarmos à Itália.

– Não sou um detetive iugoslavo, madame. Sou um detetive internacional.

– Pertence à Liga das Nações?

– Pertenço ao mundo, madame – disse Poirot com ar dramático. E continuou: – Trabalho majoritariamente em Londres. Fala inglês? – acrescentou a pergunta naquela língua.

– Falo um pouco, sim.

O sotaque dela era encantador.

Poirot fez mais uma reverência.

– Não vou mais detê-la, madame. Está vendo, não foi nada assim tão terrível.

Ela sorriu, inclinou a cabeça e partiu.

– *Elle est jolie femme* – disse monsieur Bouc elogiando. Suspirou.

– Bem, isso não nos adiantou muita coisa.

– Não – disse Poirot. – Duas pessoas que não viram nem ouviram nada.

– Vamos falar agora com o italiano?

Poirot não respondeu logo. Estava estudando a mancha de gordura no passaporte diplomático húngaro.

Capítulo 8

O depoimento do coronel Arbuthnot

Poirot voltou a si com um leve susto. Seus olhos brilharam um pouco ao deparar com o olhar ansioso de monsieur Bouc.

– Ah! Meu velho amigo – disse. – Veja bem, eu me tornei um esnobe e tanto! Acho que a primeira classe deve ser atendida antes da segunda. A seguir, acho que vamos entrevistar o belo coronel Arbuthnot.

Ao descobrir que o francês do coronel era bastante limitado, Poirot conduziu o interrogatório em inglês.

Nome, idade, endereço residencial e exato posto militar de Arbuthnot foram todos confirmados. Poirot prosseguiu:

– Está retornando da Índia para casa de licença, o que nós chamamos de *en permission*?

O coronel Arbuthnot, desinteressado em saber como um bando de estrangeiros chamava qualquer coisa, respondeu com brevidade britânica:

– Sim.

– Mas não está voltando no navio oficial?

– Não.

– Por que não?

– Preferi voltar pela rota terrestre por motivos pessoais.

E seus trejeitos pareciam indicar: "Tomem essa, seus enxeridos".

– Está vindo direto da Índia?

O coronel respondeu secamente:

– Parei por uma noite para ver a Ur dos caldeus e passei três dias em Bagdá com o comandante da aeronáutica, que é um velho amigo meu.

– Ficou em Bagdá por três dias. Entendo que a jovem inglesa, srta. Debenham, também vem de Bagdá. Talvez a tenha conhecido lá?

– Não, não foi. Conheci a srta. Debenham quando ela e eu dividíamos o mesmo vagão de trem de Kirkuk para Nissibin.

Poirot inclinou-se sobre a mesa. Tornou-se persuasivo e um pouco mais estrangeiro do que o necessário.

– Monsieur, estou prestes a lhe fazer um apelo. O senhor e a srta. Debenham são as únicas pessoas inglesas nesse trem. É necessário que pergunte a cada um de vocês a opinião que têm um do outro.

– Bastante irregular – disse o coronel Arbuthnot em tom frio.

– Nem tanto. Entenda, este crime foi provavelmente cometido por uma mulher. O homem foi apunhalado não menos do que doze vezes. Até o *chef de train* saiu logo dizendo: "Foi mulher". Bem, então, qual é minha primeira missão? "Passar em revista", como dizem os americanos, todas as mulheres viajando no Istambul–Calais. Mas julgar uma inglesa é difícil. São muito reservados, os ingleses. Então lhe faço este apelo, monsieur, tendo em vista o interesse da justiça. Que tipo de pessoa é essa srta. Debenham? O que sabe sobre ela?

– A srta. Debenham – disse o coronel com alguma ternura – é uma dama.

– Ah! – disse Poirot com todas as indicações de estar muito satisfeito. – Então não acha possível que ela esteja envolvida neste crime?

– A ideia é absurda – disse Arbuthnot. – O homem era um estranho absoluto, ela nunca vira o sujeito antes.

– Ela lhe disse isso?

– Disse. Comentou logo sobre a aparência um tanto desagradável que ele tinha. Se uma mulher está *envolvida*, como parece supor (para mim, sem nenhuma prova, mas mera suposição), posso lhe garantir que a srta. Debenham não pode ser apontada.

– O senhor tem opiniões passionais sobre o assunto – disse Poirot com um sorriso.

O coronel Arbuthnot respondeu-lhe com um olhar frio.

– Francamente, não sei do que está falando – disse.

O olhar pareceu desconcertar Poirot. Ele baixou os olhos e começou a remexer os papéis que tinha à sua frente.

– Tudo isso é, aliás – foi falando. – Sejamos práticos e vamos aos fatos. Este crime, temos motivos para crer, ocorreu à uma e quinze da noite passada. Faz parte dos procedimentos necessários perguntar a todos no trem o que cada um estava fazendo naquela hora.

– Pois bem. À uma e quinze, segundo creio, estava conversando com o jovem camarada americano, secretário do morto.

– Ah! Estava na cabine dele ou ele na sua?

– Eu estava no dele.

– Este é o rapaz de nome MacQueen?

– Sim.

– Era amigo ou conhecido seu?

– Não, jamais o havia visto antes desta viagem. Começamos uma conversa casual ontem e ambos nos interessamos em continuar o assunto. Via de regra, não gosto de americanos, não vejo utilidade neles...

Poirot sorriu, lembrando-se das restrições de MacQueen aos britânicos.

– Mas gostei desse rapazote. Enfiou na cabeça algumas ideias bestas sobre a situação na Índia; esta é a pior característica dos americanos; são tão sentimentais e idealistas. Bem, estava interessado no que eu tinha a dizer. Tenho quase trinta anos de experiência no país. E estava interessado no que ele tinha a relatar sobre a situação financeira da América. Então chegamos a falar em política mundial de modo geral. Fiquei bastante surpreso ao consultar meu relógio e ver que já eram quinze para as duas.

– Foi nessa hora que interromperam a conversa?

– Foi.

– O que fez então?

– Fui até a minha cabine e me retirei.

– Sua cama já estava pronta?

– Estava.

– Trata-se da cabine... deixe-me ver... número 15, a penúltima no lado oposto do vagão-restaurante?

– Sim.

– Onde estava o condutor quando foi para a sua cabine?

– Sentado ao fundo em sua mesinha. Na verdade, MacQueen o chamou bem na hora em que eu estava indo para a minha cabine.

– Por que o chamou?

– Para arrumar sua cama, suponho. A cabine dele não havia sido preparada para a noite.

– Agora, coronel Arbuthnot, quero que pense com cuidado. Durante o tempo em que falava com o sr. MacQueen, passou alguém no corredor do lado de fora da porta?

– Um bocado de gente, acho. Não estava prestando atenção.

– Ah! Mas estou me referindo a, digamos, à última hora e meia da conversa de vocês. Desceu em Vincovci, não foi?

– Sim, mas foi apenas um minuto. Havia uma nevasca. O frio estava aterrorizante. Deixava qualquer um muito agradecido de voltar a um lugar abafado, embora, via de regra, eu ache escandalosa a forma como exageram no aquecimento desses trens.

Monsieur Bouc suspirou.

– É muito difícil contentar todo mundo – disse. – Os ingleses abrem tudo, enquanto outros chegam aqui e fecham tudo. É muito difícil.

Nem Poirot nem o coronel Arbuthnot lhe deram qualquer atenção.

– Agora, monsieur, faça um exercício de memória – disse Poirot, encorajando-o. – Estava frio lá fora. Retornou ao trem. Voltou a sentar-se. O senhor fuma, talvez um cigarro, talvez um cachimbo...

Fez uma pausa de uma fração de segundo.

– Um cachimbo para mim. MacQueen fumou cigarro.

– O trem dá a partida novamente. O senhor fuma seu cachimbo. Discutem sobre a situação da Europa... do mundo. Já está tarde. A maioria das pessoas se retirou para dormir. Alguém passa pela porta... pense?

Arbuthnot franziu a testa no esforço de lembrar-se.

– É difícil dizer – declarou. – Eu não estava prestando nenhuma atenção.

– Mas tem a atenção do soldado para os detalhes. Percebe sem perceber, como se diz.

O coronel pensou de novo, mas abanou a cabeça.

– Não saberia dizer. Não me lembro de ninguém passar, exceto pelo condutor. Espere um pouco... e havia uma mulher, acho.

– O senhor a viu? Era velha... jovem?

– Não a vi. Não estava olhando para aquele lado. Apenas um farfalhar e uma espécie de rastro de perfume.

– Perfume? Um cheiro *bom*?

– Bem, bastante frutado, se entende o que quero dizer. Digo, sentiria o cheiro a cem metros de distância. Mas veja bem – o coronel prosseguiu apressadamente –, isso deve ter sido mais cedo durante a noite. Como acaba de dizer, foi apenas uma daquelas coisas que se percebe sem perceber. Em algum momento daquela noite, pensei comigo: "Mulher... perfume... exagerou na dose.". Mas *quando* foi que isso aconteceu não tenho certeza, exceto que... ora, sim, deve ter sido depois de Vincovci.

– Por quê?

– Porque me lembro... de sentir o cheiro bem quando estava falando sobre o completo fiasco que estava se tornando o Plano Quinquenal do Stalin. Sei que o pensamento... da mulher... trouxe a ideia da posição das mulheres na Rússia à minha cabeça. E sei que não chegara a falar na Rússia até muito perto do final de nossa conversa.

– Não consegue ser mais específico do que isso?

– N-não. Deve ter sido por ali, em torno da última meia hora.

– Foi depois de o trem ter parado.

O outro assentiu.

– Sim, tenho quase certeza de que foi.

– Bem, vamos deixar isso assim. O senhor já esteve na América, coronel Arbuthnot?

– Nunca. Não tenho vontade de ir.

– Chegou a conhecer um coronel de nome Armstrong?

– Armstrong... Armstrong... conheci uns dois ou três Armstrong. Havia o Tommy Armstrong no 60º; não está falando dele? E Selby Armstrong, este foi morto na Somme.

– Estou falando do coronel Armstrong que foi casado com uma americana e cuja única filha foi sequestrada e morta.

– Ah, sim! Lembro-me de ter lido a respeito, um acontecimento chocante. Não acho que cheguei a cruzar alguma vez com o camarada, embora, é claro, tenha ouvido falar nele. Toby Armstrong. Um bom sujeito. Todos gostavam dele. Teve bastante destaque na carreira. Recebeu uma V.C.

– O homem que foi morto ontem à noite foi o responsável pela morte da filha do coronel Armstrong.

A expressão de Arbuthnot tornou-se bastante sombria.

– Então, na minha opinião, o porco mereceu o destino que teve. Embora eu tivesse preferido tê-lo visto ser adequadamente enforcado ou eletrocutado, suponho, lá na terra dele.

– Na verdade, coronel Arbuthnot, o senhor prefere a lei e a ordem à vingança pessoal?

– Bem, não se pode sair por aí criando vendetas e esfaqueando uns aos outros como os corsos ou a máfia – afirmou o coronel. – Diga o que quiser, um tribunal de julgamento é um sistema saudável.

Poirot olhou para ele de modo pensativo por um ou dois minutos.

– Sim – disse. – Estou certo de que esta seria sua opinião. Bem, coronel Arbuthnot, não creio que falte lhe perguntar nada. Não há nada que o senhor mesmo possa lembrar da noite passada que tenha lhe marcado, ou digamos qualquer coisa que lhe tenha chamado a atenção, agora que estamos repassando tudo, como sendo suspeito?

Arbuthnot considerou por alguns instantes.

– Não – falou. – Nada mesmo. A não ser... – hesitou.

– Pois não, continue, eu lhe rogo.

– Bem, não é nada realmente – disse o coronel devagar. – Mas o senhor disse *qualquer coisa.*

– Sim, sim. Prossiga.

– Oh, não é nada. Um mero detalhe. Ao voltar à minha cabine, reparei que a porta daquela além da minha, a dos fundos, sabe...

– Sim, número 16.

– Bem, a porta não estava bem fechada. E o camarada lá dentro espiava para fora de uma maneira um pouco furtiva. Então fechou a porta rapidamente. Sei que não há nada nisso, mas apenas me chamou a atenção por ser um pouco estranho. Digo, é bastante usual abrir a porta e espichar o pescoço para fora quando se quer ver algo. Porém, foi a maneira furtiva com que ele fez aquilo que me chamou a atenção.

– S-sim – titubeou Poirot.

– Falei que não era nada – disse Arbuthnot, desculpando-se. – Mas sabe como é, nas primeiras horas da madrugada, tudo está muito quieto... a coisa teve um ar sinistro, como uma história de detetive. Tudo bobagem, para ser sincero.

Levantou-se.

– Bem, se não precisa mais de mim...

– Obrigado, coronel Arbuthnot, não há mais nada.

O soldado hesitou por um minuto. Seu primeiro desgosto natural de ser questionado por "estrangeiros" havia evaporado.

– Sobre a srta. Debenham... – disse bastante sem jeito. – Pode acreditar em mim que ela é uma pessoa boa. É do tipo *pukka sahib*.

Um pouco corado, ele se retirou.

– O que – perguntou o dr. Constantine, com interesse – quer dizer *pukka sahib*?

– Quer dizer – explicou Poirot – que o pai e os irmãos da srta. Debenham frequentaram o mesmo tipo de escola que o coronel Arbuthnot.

– Oh! – disse Constantine em tom desapontado. – Então não tem nada mesmo a ver com o crime.

– Exato – disse Poirot.

Começou a devanear, tamborilando uma leve marcha militar na mesa. Então ergueu o olhar.

– O coronel Arbuthnot fuma cachimbo – disse. – Na cabine do sr. Ratchett encontrei um limpador de cachimbos. O sr. Ratchett fumava apenas charutos.

– Acha então...?

– É o único homem até agora que admitiu fumar cachimbo. E sabia sobre o coronel Armstrong, talvez até o conhecesse na realidade, mas não quis admitir.

– Então acha possível...

Poirot balançou a cabeça com força.

– É que é... simplesmente *impossível*, bastante impossível que um cidadão inglês honrado, levemente obtuso, correto, vá apunhalar um inimigo doze vezes com uma faca! Não percebem, meus amigos, o quanto isso é impossível?

– Esta é a psicologia – disse monsieur Bouc.

– E é preciso respeitar a psicologia. Este crime tem uma assinatura e, com certeza, não é a assinatura do coronel Arbuthnot. Mas passemos agora à nossa próxima entrevista.

Desta vez, monsieur Bouc não mencionou o italiano, mas pensou nele.

Capítulo 9

O depoimento do sr. Hardman

O último dos passageiros da primeira classe a ser entrevistado, o sr. Hardman, era o americano grandalhão e espalhafatoso que dividira a mesa com o italiano e o criado.

Vestia um terno xadrez um tanto chamativo, camisa rosa, um alfinete de gravata extravagante, e enrolava algo na língua quando entrou no vagão-restaurante. Tinha um rosto grande, carnudo, de traços grosseiros, com uma expressão bem-humorada.

– Bom dia, cavalheiros – disse. – Em que posso ajudá-los?

– Ouviu falar do assassinato, senhor... hã... Hardman?

– É claro.

Movimentou o chiclete com habilidade.

– Por necessidade, estamos entrevistando todos os passageiros do trem.

– Por mim, tudo bem. Acho que esse é o único jeito de executar esse trabalho.

Poirot consultou o passaporte à sua frente.

– O senhor se chama Cyrus Bethman Hardman, cidadão dos Estados Unidos, 41 anos, caixeiro-viajante vendendo fitas de máquina de escrever?

– O.k., esse sou eu.

– Está viajando de Istambul a Paris?

– Isso mesmo.

– Motivo?

– Negócios.

– Sempre viaja de primeira classe, sr. Hardman?

– Sim, senhor. A firma paga minhas despesas de viagem.

Deu uma piscadela.

– Então, sr. Hardman, chegamos aos eventos da noite passada.

O americano assentiu.

– O que pode nos contar sobre o assunto?

– Exatamente nada.

– Ah, isso é uma pena. Talvez, sr. Hardman, possa nos dizer com exatidão o que fez na noite passada, do jantar em diante?

Pela primeira vez o americano não parecia ter uma resposta pronta. Por fim disse:

– Desculpem-me, cavalheiros, mas quem são vocês? Me esclareçam.

– Este é monsieur Bouc, diretor da Compagnie des Wagons Lits. Esse outro cavalheiro é o médico que examinou o corpo.

– E o senhor?

– Eu me chamo Hercule Poirot. Sou contratado pela companhia para investigar a questão.

– Já ouvi falar do senhor – disse sr. Hardman. Refletiu um minuto ou mais. – É melhor eu abrir o jogo de uma vez.

– Seria certamente recomendável que o senhor nos dissesse tudo o que sabe – afirmou Poirot, seco.

– O que acaba de dizer faria sentido se eu *soubesse* de qualquer coisa. Mas não sei. Não sei de nada... bem como já falei. Mas *deveria* saber de alguma coisa. É isso que me dói. *Deveria.*

– Por favor, explique-se, sr. Hardman.

O sr. Hardman suspirou, tirou o chiclete e enfiou a mão no bolso. Na mesma hora, sua personalidade pareceu passar por uma completa transformação. Tornou-se menos parecido com um personagem teatral e mais como uma pessoa de verdade. Os tons nasais ressonantes da voz modificaram-se.

– Esse passaporte é um pouco fabricado – disse. – Esta aqui é minha identidade verdadeira.

Poirot perscrutou o cartão que o sujeito lhe jogou. Monsieur Bouc espiou por cima do ombro do amigo.

SR. CYRUS B. HARDMAN
Agência de detetives McNeil,
NOVA YORK.

Poirot conhecia o nome. Era uma das agências de detetives particulares mais conhecidas e de melhor reputação de Nova York.

– Então, sr. Hardman – disse. – Vamos ouvir o significado de tudo isso.

– Claro. As coisas aconteceram assim. Vim até a Europa seguindo o rastro de um par de trapaceiros, nada a ver com essa questão. A perseguição terminou em Istambul. Telegrafei para o chefe e recebi ordens para retornar e estava prestes a fazer o meu percurso de volta à pequena e velha Nova York quando recebi isto.

Empurrou uma carta para o outro lado da mesa.
O cabeçalho era do Hotel Tokatlian.

Caro senhor, o senhor me foi apontado como membro da Agência de detetives McNeil. Por gentileza, queira se dirigir à minha suíte às quatro horas da tarde de hoje.

Estava assinada “S.E. Ratchett”.

– *Eh bien*?

– Eu me dirigi na hora que dizia ali, e o sr. Ratchett me pôs a par da situação. Mostrou algumas cartas que recebera.

– Estava alarmado?

– Fingia não estar, mas estava abalado, isso é certo. Fez uma proposta para mim. Eu viajaria no mesmo trem que ele e cuidaria para que ninguém o pegasse. Bem, cavalheiros, eu *viajei* no mesmo trem, mas, apesar de tudo, alguém *o pegou*. Certamente estou incomodado com isso. Não fica nada bem para mim.

– Ele lhe deu alguma indicação da linha que deveria seguir?

– Sim. Tinha tudo planejado. Foi ideia dele que eu viajasse na cabine ao lado, mas isso não deu certo. O único lugar que consegui foi o beliche número 16, e deu bastante trabalho conseguir esse. Acho que o condutor gosta de manter aquela cabine na manga. Mas isso não vem ao caso. Quando analisei toda a situação, me pareceu que o número 16 era uma posição bastante boa em termos estratégicos. Havia apenas o vagão-restaurante à frente do vagão-dormitório de Istambul, a porta para a plataforma que ficava na ponta era bloqueada à noite. A única maneira de um patife entrar seria pela porta dos fundos que dava para a plataforma ou ao longo da parte de trás do trem; em qualquer um dos casos, teria de passar pela minha cabine.

– Não faz ideia, suponho, da identidade do possível criminoso.

– Bem, sabia que cara ele tinha. O sr. Ratchett o descreveu para mim.

– Como?

Os três homens inclinaram-se para frente, ansiosos.

Hardman continuou:

– Um homem pequeno, escuro, com uma voz feminina, foi o que o velho falou. Disse também que não achava que seria na primeira noite. Mais provável que tentasse na segunda ou terceira.

– Ele sabia de algo – disse monsieur Bouc.

– Certamente sabia mais do que contou ao secretário – disse Poirot, pensativo. – Ele lhe contou algo sobre esse inimigo? Disse, por exemplo, o *porquê* de sua vida estar ameaçada?

– Não, foi meio reticente sobre essa parte. Só disse que o camarada queria o seu sangue e que faria de tudo para conseguir.

– Um homem pequeno, escuro, com voz feminina – disse Poirot pensativamente.

Então, fixando um olhar inquiridor em Hardman, perguntou:

– Sabia quem ele era de verdade, é claro?

– Quem, senhor?

– Ratchett. Você o reconheceu?

– Não o entendo.

– Ratchett era Cassetti, o assassino de Armstrong.

O sr. Hardman deixou escapar um assovio prolongado.

– Isso certamente é uma surpresa e tanto! – disse. – Mas não, senhor! Não, não o reconheci. Estava no Oriente quando aquele caso aconteceu. Suponho que tenha visto fotos dele nos jornais, mas não reconheceria nem minha própria mãe depois que um fotógrafo da imprensa publicasse a cara dela. Não duvido que algumas pessoas estivessem determinadas a agarrar o Cassetti.

– Sabe de alguém ligado com o caso Armstrong que se encaixe nessa descrição: pequeno, escuro, com voz feminina?

Hardman refletiu por um minuto ou dois.

– Difícil dizer. Praticamente todo mundo ligado àquele caso está morto.

– Houve uma moça que se jogou da janela, lembre.

– É claro. Esse é um ponto interessante. Era alguma estrangeira. Talvez tivesse parentes bandidos. Mas deve lembrar que havia outros casos além do Armstrong. Cassetti estava comandando esse golpe dos sequestros por algum tempo. Não se pode concentrar apenas nesse.

– Ah, mas temos motivos para acreditar que este crime está ligado ao caso Armstrong.

O sr. Hardman empertigou um olhar aguçado. Poirot não respondeu. O americano balançou a cabeça.

– Não consigo lembrar-me de ninguém no caso Armstrong que se encaixe nessa descrição – falou devagar. – Mas, é claro, não participei dele e não sei muito a respeito.

– Bem, continue sua narrativa, sr. Hardman.

– Há muito pouco para contar. Eu dormia de dia e ficava acordado, vigiando, à noite. Nada suspeito aconteceu na primeira noite. Ontem, sucedeu o mesmo, até onde eu sabia. Deixava minha porta um pouco entreaberta e vigiava. Não passou ninguém estranho.

– Tem certeza disso, sr. Hardman?

– Certeza cabal. Ninguém subiu no trem vindo de fora, e ninguém passou pelo corredor vindo dos carros de trás. Posso jurar.

– Conseguia ver o condutor da posição em que o senhor estava?

– Sim. Senta naquele banquinho quase junto da minha porta.

– Deixou o banquinho em algum momento depois de o trem ter parado em Vincovci?

– Essa foi a última estação? Ora, deixou, atendeu algumas campainhas... isso seria logo depois da parada definitiva do trem. Então, depois disso, passou por mim indo para o vagão de trás, ficou lá por uns quinze minutos. Uma campainha começou a tocar enlouquecida, e ele voltou correndo. Dei um passo no corredor para ver o que estava acontecendo, fiquei um tanto nervoso, mas era apenas a dama americana. Estava criando caso por alguma coisa. Tive que rir. Então ele foi até outra cabine, voltou e apanhou uma garrafa de água mineral para alguém. Depois disso, acomodou-se no assento até se dirigir à outra ponta para arrumar a cama de alguém. Não acho que se mexeu depois disso até umas cinco da manhã.

– Ele nunca pegou no sono?

– Isso não sei dizer. Pode ser que sim.

Poirot assentiu. Automaticamente, suas mãos esticaram os papéis sobre a mesa. Apanhou o cartão oficial mais uma vez.

– Seria bom se rubricasse isso – disse.

O outro obedeceu.

– Não há ninguém, suponho, que possa confirmar a história de sua identidade, sr. Hardman?

– Neste trem? Bem, não exatamente. A menos que fosse o jovem MacQueen. Conheço bem o rapaz, já o vi com o pai no escritório de Nova York, mas isso não quer dizer que ele vá se lembrar de mim dentre uma multidão de outros agentes. Não, sr. Poirot, terá de esperar e telegrafar para Nova York quando a neve permitir. Mas está o.k.. Não estou inventando coisas. Até mais tarde, cavalheiros. Prazer em conhecê-lo, sr. Poirot.

Poirot ofereceu sua cigarreira.

– Se bem que talvez prefira um cachimbo?

– Eu não.

Apanhou um cigarro e então saiu apressado.

Os três se entreolharam.

– Acha que é legítimo? – perguntou o dr. Constantine.

– Sim, é. Conheço o tipo. Além disso, é uma história fácil de ser desmentida.

– Ele nos deu um detalhe de uma pista muito interessante – disse monsieur Bouc.

– Sim, deu.

– Um homem pequeno, escuro, com voz aguda – disse monsieur Bouc pensativo.

– Uma descrição que não se aplica a nenhuma pessoa neste trem – disse Poirot.

Capítulo 10

O depoimento do italiano

– E agora – anunciou Poirot com um brilho no olhar –, para felicidade de monsieur Bouc, vamos falar com o italiano.

Antonio Foscarelli entrou no vagão-restaurante com o passo veloz feito um gato. Seu rosto estava radiante. Era um rosto típico italiano, de aspecto solar e compleição escura.

Falava francês fluentemente, com um leve sotaque apenas.

– Seu nome é Antonio Foscarelli?

– Sim, monsieur.

O senhor é, pelo que vejo, um cidadão naturalizado americano?

O americano abriu o sorriso.

– Sim, monsieur. É melhor para os negócios.

– É um agente da Ford veículos?

– Sim, como o senhor vê...

Seguiu-se uma explicação loquaz. Ao final, qualquer coisa que os três não soubessem sobre os métodos de negociação de Foscarelli, as viagens, a renda, sua opinião dos Estados Unidos e da maioria dos países europeus parecia um fator insignificante. Este não era um homem de quem era preciso arrancar uma informação. Elas jorravam.

Seu rosto simpático irradiava satisfação quando, com um último gesto eloquente, fez uma pausa e secou a testa com um lenço.

– Então, como podem ver – foi dizendo –, faço grandes negócios. Estou atualizado. Entendo da arte de vender!

– Então, o senhor passou os últimos dez anos nos Estados Unidos, entre idas e vindas?

– Sim, monsieur. Ah! Lembro bem o dia em que tomei o barco pela primeira vez, para ir para a América, tão distante! Minha mãe, minha irmãzinha...

Poirot interrompeu a enxurrada de reminiscências.

– Durante sua estada nos Estados Unidos, alguma vez cruzou com o morto?

– Nunca. Mas conheço o tipo. Ah, se conheço! – estalou os dedos de maneira expressiva. – Muito respeitável, muito bem-vestido, mas, por baixo, está tudo errado. Pela minha experiência, diria que era um grande patife. Não importa que minha opinião não conte.

– Sua opinião está bastante correta – disse Poirot, seco. – Ratchett era Cassetti, o sequestrador.

– O que foi que eu disse? Aprendi a ser bastante astuto, a ler os rostos. É necessário. Só na América é que ensinam a maneira certa de vender.

– Lembra-se do caso Armstrong?

– Não me lembro muito bem. O nome era de uma menininha... um bebê... não era?

– Sim, uma história muito trágica.

O italiano parecia a primeira pessoa a contradizer essa opinião.

– Ah, bem, essas coisas acontecem – disse, filosofando –, em uma grande civilização como a da América...

Poirot o interrompeu.

– Chegou a cruzar com algum dos membros da família Armstrong?

– Não, acho que não. É difícil dizer. Vou lhe dar alguns números. Apenas no ano passado, vendi...

– Monsieur, rogo-lhe que se atenha ao ponto.

As mãos do italiano voaram para gesticular um pedido de desculpas.

– Mil perdões.

– Relate, por gentileza, seus movimentos exatos da noite passada do jantar em diante.

– Com prazer. Fiquei aqui até a hora que pude. É mais divertido. Conversei com o cavalheiro americano da minha mesa. Ele vende fitas de máquina de escrever. Então retornei à minha cabine. Estava vazia. O fulaninho miserável que divide comigo não estava, fora atender o patrão. Por fim, ele voltou, com a cara azeda de sempre. Ele se recusou a falar, ficou no sim e não. Uma raça miserável essa dos ingleses, não tem simpatia. Sentou-se no canto, todo duro, lendo um livro. Então o condutor veio e arrumou as camas.

– Números 4 e 5 – murmura Poirot.

– Exatamente, a cabine dos fundos. O meu beliche é o de cima, subi. Fumei e li. O inglesinho teve, acho eu, uma dor de dente. Puxou um vidro de algo que tinha um cheiro muito forte. Deitou na cama e gemeu. Em seguida, dormi. Quando quer que eu acordasse, o escutava gemendo.

– Sabe se ele desceu do carro em algum momento durante a noite?

– Acho que não. Isso eu teria ouvido. A luz do corredor... a gente acorda achando que é uma revista da alfândega de alguma fronteira.

– Ele mencionou o patrão alguma vez? Chegou a expressar alguma animosidade contra ele?

– Estou lhe dizendo que ele não fala. Não era simpático. Um peixe.

– O senhor diz que fuma... cachimbo, cigarros, charuto?

– Cigarros apenas.

Poirot ofereceu-lhe um, que ele aceitou.

– Já esteve em Chicago? – inquiriu monsieur Bouc.

– Ah, sim... uma bela cidade, mas conheço Nova York melhor, Washington, Detroit. Já foi aos Estados Unidos? Não? Deveria, é...

Poirot empurrou uma folha de papel na direção dele.

– Se puder assinar isso e anotar seu endereço fixo, por favor.

O italiano escreveu com rebuscamento. Então se levantou, o sorriso estava mais cativante do que nunca.

– Isso é tudo? Não precisam mais de mim? Bom dia para vocês, messieurs. Gostaria que pudéssemos nos desvencilhar da neve. Tenho uma reunião em Milão... – balançou a cabeça entristecido. – Vou perder de fazer negócio.

Partiu.

Poirot olhou para o amigo.

– Passou um longo período na América – disse monsieur Bouc. – É italiano, e os italianos usam a faca! E são grandes mentirosos! Não gosto de italianos.

– *Ça se voit* – disparou Poirot com um sorriso. – Bem, pode ser que tenha razão, mas vou lhe assinalar, meu amigo, que não há absolutamente nenhuma prova contra o homem.

– E a psicologia não conta? Os italianos não apunhalam?

– Seguramente – disse Poirot. – Sobretudo no calor de uma discussão. Mas este... é um tipo diferente de crime.

Tenho uma discreta noção, meu amigo, de que este é um crime que foi planejado e executado com muita atenção. É um crime premeditado, calculado. Não é... como devo me expressar?... Um crime *latino*. É um crime que demonstra traços de um cérebro frio, perspicaz, decidido, creio que um cérebro anglo-saxão.

Apanhou os dois últimos passaportes.

– Vamos agora – avisou – falar com a srta. Mary Debenham.

Capítulo 11

O depoimento da srta. Debenham

Quando Mary Debenham entrou no vagão, confirmou a avaliação prévia de Poirot.

Muito bem-arrumada com um terninho preto e camisa francesa cinza, as ondas suaves de seu cabelo escuro estavam ajeitadas e imperturbáveis. Seu jeito era calmo e tranquilo como o cabelo.

Sentou-se do lado oposto de Poirot e monsieur Bouc e olhou para eles com ar inquisitivo.

– Seu nome é Mary Hermione Debenham e tem 26 anos de idade? – começou Poirot.

– Sim.

– É inglesa?

– Sim.

– Poderia fazer a gentileza, mademoiselle, de escrever seu endereço fixo nesta folha de papel?

Concordou. A letra dela era clara e legível.

– E agora, mademoiselle, o que tem a nos dizer sobre o ocorrido da noite passada?

– Receio que não tenha nada para lhes dizer. Fui me deitar e dormi.

– Deixa a senhorita muito aflita, mademoiselle, que um crime tenha sido cometido neste trem?

A questão era claramente inesperada. Seus olhos acinzentados arregalaram-se um pouco.

– Não o entendo.

– Foi uma pergunta perfeitamente simples a que lhe fiz, mademoiselle. Vou repetir. A senhorita fica muito aflita que um crime tenha sido cometido neste trem?

– Não pensei de fato sob esse ponto de vista. Não, não posso afirmar que esteja nem um pouco aflita.

– Um crime... é algo bastante normal para a senhorita, hein?

– É naturalmente algo desagradável isso que aconteceu – disse baixinho Mary Debenham.

– É muito anglo-saxã, mademoiselle. *Vous n'éprouvez pas d'émotion.*

Ela sorriu discretamente.

– Receio que não possa ter um ataque histérico para provar minha sensibilidade. Afinal de contas, as pessoas morrem todos os dias.

– Morrem, sim. Porém, assassinato é um pouco mais raro.

– Ah, com certeza.

– Não conhecia o falecido?

– Eu o vi pela primeira vez quando almoçava aqui ontem.

– E que impressão teve dele?

– Mal o notei.

– Não lhe passou a impressão de ser uma personalidade maligna?

Ela deu de ombros.

– Na verdade, não posso afirmar o que pensei a respeito.

Poirot observou-a com atenção.

– A senhorita está, creio, um pouco desdenhosa da forma como conduzo meu interrogatório – disse com um brilho no olho. – Não é assim, a senhorita pensa, que um inquérito inglês seria conduzido. Lá, tudo seria curto e grosso, tudo se ateria aos fatos, um negócio bem organizado. Mas eu, mademoiselle, tenho minhas pequenas particularidades. Primeiro, olho para minha testemunha. Analiso o caráter dele ou dela e formulo minhas perguntas de acordo. Não faz um minuto, estava fazendo perguntas a um cavalheiro que queria me contar o que pensava sobre todos os assuntos. Bem, este eu mantive restrito ao ponto. Quero que ele me responda sim ou não, isso ou aquilo. E então vem a senhorita. Vejo logo que será sistemática e metódica. Vai se ater ao assunto em questão. Suas respostas serão breves e pontuais. E, porque, mademoiselle, a natureza humana é perversa, faço-lhe perguntas bem diferentes. Pergunto o que *sente*, o que *achou*. Não lhe agrada este método?

– Vai me perdoar ter de dizer uma coisa dessas, mas me parece de certa forma uma perda de tempo. O fato de eu ter gostado ou não da cara do sr. Ratchett não parece passível de ajudar a descobrir quem o matou.

– Sabe quem este homem, Ratchett, era de fato, mademoiselle?

Assentiu.

– A sra. Hubbard está contando para todo mundo.

– E o que acha do caso Armstrong?

– Foi bastante abominável – disse a moça, crispada.

Poirot olhou para ela de modo pensativo.

– Está viajando de Bagdá, creio, srta. Debenham.

– Estou.

– Para Londres?

– Sim.

– O que estava fazendo em Bagdá?

– Trabalhava como governanta cuidando de duas crianças.

– Vai retornar ao posto depois de suas férias?

– Não tenho certeza.

– Por que isso?

– Bagdá é bastante longe de tudo. Acho que preferiria uma posição em Londres, se tomar conhecimento de alguma que seja adequada.

– Entendo. Achei que, talvez, fosse se casar.

A srta. Debenham não respondeu. Ergueu o rosto e encarou Poirot. A expressão facial era clara: "O senhor é impertinente".

– Qual é sua opinião sobre a dama com quem divide a cabine, srta. Ohlsson?

– Parece uma criatura agradável, simples.

– De que cor é a camisola dela?

Mary Debenham fitou-o.

– Uma espécie de tom de marrom... de madeira natural.

– Ah! Devo mencionar, espero que sem cometer uma indiscrição, que reparei na cor da sua camisola no caminho de Alepo para Istambul. Um malva-pálido, creio.

– Sim, está correto.

– Tem alguma outra camisola, mademoiselle? Uma camisola escarlate, por exemplo?

– Não, não é minha.

Poirot se inclinou para frente. Era qual um gato saltando sobre um camundongo.

– De quem é então?

A moça retraiu-se um pouco, assustada.

– Não sei. O que quer dizer com isso?

– A senhorita não falou: "Não, não tenho uma coisa dessas". Falou: "Não é minha", dando a entender que tal coisa *pertence* a outra pessoa.

Ela assentiu.

– Alguém neste trem?

– Sim.

– De quem é?

– Eu lhe disse ainda agora. Não sei. Acordei esta manhã em torno das cinco horas com a sensação de que o trem estava parado no mesmo lugar por um bom tempo. Abri a porta e espiei, achando que estávamos em uma estação. Vi alguém em um quimono escarlate mais adiante no corredor.

– E não sabe quem era? A mulher era clara, morena ou tinha cabelos brancos?

– Não sei dizer. Usava uma touca, e a vi apenas de costas.

– E a estatura?

– Alta e magra, diria, mas é difícil afirmar. O quimono tinha dragões bordados.

– Sim, sim, isso é correto, dragões.

Ele ficou em silêncio um momento. Murmurou consigo mesmo:

– Não consigo entender. Não consigo entender. Nada disso faz sentido.

Então, olhando para cima, falou:

– Não vou retê-la aqui, mademoiselle.

– Oh! – ela pareceu bastante surpresa, mas se levantou em seguida. Na porta, entretanto, hesitou um momento e então retornou.

– A senhora sueca, chama-se srta. Ohlsson, não é? Parece bastante preocupada. O senhor lhe disse que foi a última pessoa a ver esse homem vivo. Ela acha que está suspeitando dela por conta disso. Não posso dizer que ela se enganou? De fato, sabe, ela é o tipo de criatura que não faria mal a uma mosca.

Ela sorriu um pouco ao falar.

– Que horas eram quando ela foi buscar a aspirina com a sra. Hubbard?

– Logo depois das dez e meia.

– E ficou afastada por... quanto tempo?

– Em torno de cinco minutos.

– Ela saiu de novo da cabine durante a noite?

– Não.

Poirot voltou-se para o doutor.

– Será que Ratchett poderia ter sido morto tão cedo assim?

O médico fez que não.

– Então acho que pode tranquilizar sua amiga, mademoiselle.

– Obrigada – sorriu de repente para ele, um sorriso que pedia compaixão. – Ela é como uma ovelha, sabe. Fica ansiosa e começa a balir.

Virou-se e saiu.

Capítulo 12

O depoimento da criada alemã

Monsieur Bouc olhava com curiosidade para o seu amigo.

– Não o entendo direito, *mon vieux*. Estava tentando fazer... o quê?

– Estava atrás de uma falha, meu amigo.

– Uma falha?

– Sim, na armadura de compostura da mocinha. Desejava sacudir o *sang-froid* dela. Consegui? Não sei. Mas sei de uma coisa: ela não esperava que eu a abordasse da forma como o fiz.

– Suspeita dela – disse monsieur Bouc devagar. – Mas por quê? Parece uma moça encantadora, a última pessoa no mundo que se envolveria num crime desse tipo.

– Concordo – disse Constantine. – Ela é fria. Não tem emoções. Não esfaquearia um homem; ela o processaria nos tribunais da lei.

Poirot suspirou.

– Vocês precisam, os dois, abandonar a obsessão de que este é um crime repentino, que não foi premeditado. Quanto ao motivo pelo qual desconfio de srta. Debenham, eles são dois. Um é por conta de algo que escutei sem querer e que vocês ainda não sabem.

Ele relatou em detalhes o curioso intercâmbio de frases que ouvira na viagem de Alepo.

– Isso é curioso, com certeza – disse monsieur Bouc quando o outro concluiu. – Carece de uma explicação. Se significa o que você desconfia que significa, então estão ambos envolvidos... ela e o inglês empolado.

Poirot assentiu.

– E isso é justamente o que não se sustenta pelos fatos – alegou. – Vejam vocês, se estivessem nisso juntos, o que esperaríamos encontrar? Que cada um daria um álibi para o outro. Não é mesmo? Mas não, isso não ocorre. O álibi da srta. Debenham é fornecido por uma mulher sueca que ela nunca vira antes, e o coronel Arbuthnot recebe o atestado através de MacQueen, o secretário do morto. Não, essa solução para o quebra-cabeça é simples demais.

– Disse ter outra razão para suspeitar dela – monsieur Bouc lembrou-o.

Poirot sorriu.

– Ah! Mas essa é apenas psicológica. Eu me pergunto: seria possível que a srta. Debenham tenha arquitetado este crime? Por trás dessa história, estou convencido, há um cérebro frio, inteligente, inventivo. A srta. Debenham encaixa-se na descrição.

Monsieur Bouc balançou a cabeça.

– Acho que está enganado, meu amigo. Não vejo essa jovem moça inglesa como uma criminosa.

– Ah, bom – disse Poirot, apanhando o último passaporte –, vamos ao último nome da lista. Hildegarde Schmidt, dama de companhia.

Convocada pelo atendente, Hildegarde Schmidt foi ao vagão-restaurante e ficou parada em sinal de respeito.

Poirot fez sinal para que se sentasse.

Ela o fez, entrelaçando as mãos e esperando placidamente até que ele a questionasse. Parecia uma criatura plácida no conjunto, de uma respeitabilidade eminente, talvez não demasiado inteligente.

Os métodos de Poirot com Hildegarde Schmidt faziam um contraste total ao tratamento destinado a Mary Debenham.

Ele foi o mais gentil e simpático que pôde, deixando a mulher à vontade. Então, tendo feito com que anotasse seu nome e endereço, deslizou com jeito para suas questões.

A entrevista foi feita em alemão.

– Queremos saber o máximo possível sobre o que aconteceu ontem à noite – disse. – Sabemos que não pode nos dar muitas informações conclusivas sobre o crime em si, mas pode ter visto ou ouvido algo que, embora não signifique nada para a senhora, pode ser valioso para nós. Compreende?

Não parecia compreender. Seu rosto largo e gentil permanecia firme na mesma expressão de plácida burrice, ao que ela respondeu.

– Não sei de nada, monsieur.

– Bem, por exemplo, sabe que sua patroa mandou lhe chamar ontem à noite?

– Isso sim.

– Lembra-se da hora?

– Não lembro, monsieur. Estava dormindo quando o atendente veio e me avisou.

– Sim, sim. É costume que a senhora seja chamada assim desse jeito?

– Não foi incomum, monsieur. A gentil senhora com frequência pede atenção à noite. Não dormiu muito bem.

– *Eh bien*, então recebeu o chamado e levantou-se. Vestiu um penhoar?

– Não, monsieur, vesti algumas peças de roupa. Não gostaria de atender sua excelência em meu penhoar.

– E ainda assim é um penhoar muito bonito, escarlate, não é?

Ela o fitou.

– É um penhoar de flanela azul-escuro, monsieur.

– Ah! Prossiga. Um pequeno gracejo de minha parte, só isso. Saiu para atender *madame la princesse*. E o que fez quando chegou lá?

– Fiz uma massagem nela, monsieur, e então li em voz alta. Não leio muito bem em voz alta, mas sua excelência diz que é melhor assim, que ajuda para que adormeça melhor. Quando ficou sonolenta, monsieur, pediu que eu saísse, então fechei o livro e retornei à minha cabine.

– Sabe que horas eram?

– Não, monsieur.

– Quanto tempo ficou lá com *madame la princesse*?

– Em torno de meia hora, monsieur.

– Bem, continue.

– Primeiro, apanhei para sua excelência uma manta extra da minha cabine. Estava muito frio, apesar do aquecimento. Ajeitei a manta sobre ela, e me desejou boa noite. Servi um pouco de água mineral para ela. Então desliguei a luz e a deixei.

– E então?

– Não há mais nada, monsieur. Retornei ao meu lugar e fui dormir.

– E não passou por ninguém no corredor?

– Não, monsieur.

– Não viu, por exemplo, uma senhora de quimono escarlate com dragões?

Seus olhos doces saltaram, fitando-o.

– Não, monsieur, de fato. Não havia ninguém exceto o funcionário. Todos estavam dormindo.

– Mas chegou a ver o condutor.

– Sim, monsieur.

– O que ele estava fazendo?

– Estava saindo de uma das cabines, monsieur.

– Como? – monsieur Bouc inclinou-se para frente. – Qual delas?

Hildegarde Schmidt parecia de novo assustada, e Poirot lançou um olhar reprovador para o amigo.

– Naturalmente – ele disse. – O condutor com frequência precisa responder às campainhas durante a noite. Lembra-se de qual cabine foi isso?

– Era pelo meio do vagão, monsieur. A duas ou três portas da *madame la princesse.*

– Ah! Conte-nos, se puder, exatamente onde era isso e o que aconteceu.

– Ele quase trombou comigo, monsieur. Foi quando eu retornava da minha cabine levando a manta para a princesa.

– E ele saiu da cabine e quase colidiu com a senhora? Em que direção ele ia?

– Na minha, monsieur. Pediu desculpas e passou adiante pelo corredor em direção ao vagão-restaurante. Uma sineta começou a tocar, mas acho que ele não atendeu.

Ela fez uma pausa e então disse:

– Não entendo. Como é que...?

Poirot falou de modo a tranquilizá-la.

– É apenas uma questão de horário – disse. – Assunto de rotina. Esse pobre condutor parece ter tido uma noite agitada: primeiro, acordando a senhora e, depois, atendendo campainhas.

– Não era o mesmo condutor que me acordou, monsieur. Foi outro.

– Ah! Um outro! Já o havia visto antes?

– Não, monsieur.

– Ah! Acha que poderia reconhecê-lo se o visse?

– Acho que sim, monsieur.

Poirot murmurou algo no ouvido de monsieur Bouc. Este último levantou-se e foi até a porta dar uma ordem.

Poirot continuava suas perguntas com um jeito amigável e tranquilo.

– Já esteve na América alguma vez, frau Schmidt?

– Nunca, monsieur. Deve ser um país muito bonito.

– Já ouviu falar, talvez, de quem era na realidade este homem que foi morto, que ele foi responsável pela morte de uma criancinha.

– Sim, ouvi dizer, monsieur. Era abominável... malévolo. O bom Deus não deveria permitir tais coisas. Não somos tão cruéis assim na Alemanha.

Lágrimas brotaram nos olhos da mulher. Sua alma forte e maternal se comoveu.

– Foi um crime abominável – disse Poirot com ar grave.

Retirou um retalho de cambraia do bolso e estendeu para ela.

– Este lenço é seu, frau Schmidt?

Houve um momento de silêncio enquanto a mulher examinava-o. Levantou a cabeça depois de um minuto. A face estava um pouco corada.

– Ah! Não, de fato. Não é meu, monsieur.

– Tem a inicial H nele, está vendo. Por isso, pensei que fosse seu.

– Ah! Monsieur, é um lenço de uma dama, esse. Um lenço muito caro. Bordado à mão. Feito em Paris, eu diria.

– Não é seu e não sabe de quem é?

– Eu? Oh, não, monsieur.

Dos três que a escutavam, apenas Poirot pescou a nuance de hesitação na resposta.

Monsieur Bouc sussurrou no ouvido dele. Poirot assentiu e disse à mulher:

– Os três atendentes dos vagões-dormitório estão chegando. Poderia nos fazer a gentileza em apontar qual deles encontrou ontem à noite quando estava passando com a manta para levar até a princesa?

Os três homens entraram. Pierre Michel, o condutor grandão e loiro do vagão Atenas–Paris e o entroncado e corpulento condutor do de Bucareste.

Hildegarde Schmidt olhou para os três e logo balançou a cabeça negativamente.

– Não, monsieur – disse. – Nenhum desses é o homem que vi ontem à noite.

– Mas estes são os únicos condutores no trem. Deve ter se enganado.

– Estou bastante segura, monsieur. Esses todos são homens altos e grandes. O que vi ontem era pequeno e moreno. Tinha um bigodinho, a voz dele quando disse *pardon* era fraca como a de uma mulher. De fato, lembro-me muito bem dele, monsieur.

Capítulo 13

Resumo dos depoimentos dos passageiros

– Um homem pequeno, moreno e com voz de mulher – disse monsieur Bouc.

Os três condutores e Hildegarde Schmidt haviam sido dispensados.

– Mas não entendo nada, nada mesmo de tudo isso! O inimigo do qual Ratchett falou esteve a bordo do trem no fim das contas? Mas onde está ele agora? Como pode ter evaporado assim no ar? Minha cabeça está rodando. Diga algo, então, meu amigo, eu lhe imploro. Mostre como o impossível pode ser possível!

– É uma boa frase essa – disse Poirot. – O impossível não pode ter acontecido; portanto, o impossível deve ser possível apesar das aparências.

– Explique então, rapidamente, o que de fato aconteceu no trem ontem à noite?

– Não sou mágico, *mon cher*. Sou, como você, um homem perplexo. Este caso avança de maneira muito estranha.

– Não avança nem um pouco. Está parado onde está.

Poirot meneou a cabeça.

– Não, não é verdade. Avançamos um pouco. Sabemos certas coisas. Ouvimos os depoimentos dos passageiros.

– E o que isso nos revelou? Nada.

– Não diria isso, meu amigo.

– Talvez eu esteja exagerando. O americano, Hardman, e a criada alemã, sim, eles acrescentaram algumas informações. Isso não quer dizer que tornaram a coisa toda mais inteligível do que antes.

– Não, não, não – disse Poirot consolador.

Monsieur Bouc voltou-se para ele.

– Fale, então! Vamos escutar a voz da sabedoria de Hercule Poirot.

– Já não lhe disse que era um homem perplexo igual a você? Mas ao menos podemos encarar nosso enigma. Podemos organizar os fatos que temos com ordem e método.

– Suplico para que prossiga, monsieur – disse o dr. Constantine.

Poirot limpou a garganta e esticou um pedaço de mata-borrão.

– Vamos revisar o caso tal como está neste momento. Primeiro, há certos fatos incontestáveis. Este homem, Ratchett, ou Cassetti, foi apunhalado em doze lugares e morreu ontem à noite. Este é o fato número 1.

– Admito que sim, *mon vieux* – disse monsieur Bouc, com um gesto irônico.

Hercule Poirot não se deixou abater. Continuou com toda a calma.

– Vou repassar, para o momento, certos aspectos bastante peculiares que o dr. Constantine e eu já debatemos juntos. Chegarei a eles em seguida. O próximo fato de importância, na minha cabeça, é a *hora* do crime.

– Isso, de novo, é uma das poucas coisas que sabemos – disse monsieur Bouc. – O crime foi cometido à uma e quinze da manhã. Tudo parece demonstrar que foi assim.

– Não *tudo*. Está exagerando. Há, certamente, uma quantidade justa de pistas que apoiam esta ideia.

– Fico contente que pelo menos admita isso.

Poirot prosseguiu com calma e tranquilidade apesar da interrupção.

– Temos diante de nós três possibilidades:

"Possibilidade um: o crime foi cometido, como estão dizendo, à uma e quinze. Isso é apoiado pelo testemunho da alemã, Hildegarde Schmidt. Isso se encaixa com o depoimento do dr. Constantine.

"Possibilidade dois: o crime foi cometido mais tarde, e a prova do relógio foi falsificada de propósito.

"Possibilidade três: o crime foi cometido mais cedo, e a prova foi adulterada pelo mesmo motivo citado.

"Agora, se aceitamos a possibilidade número 1 como a mais provável de ter ocorrido e aquela que tem o maior número de provas, devemos aceitar certos fatos que dela derivam. Para começar, se o crime foi cometido à uma e quinze, o assassino não pode ter saído do trem, e a questão que emerge é a seguinte: Onde está ele? E *quem* é ele?

"Para começar, examinemos as evidências com cautela. Primeiro ouvimos falar da existência deste homem, o pequeno homem moreno com voz de mulher, através do tal Hardman. Ele diz que Ratchett falou-lhe dessa pessoa e o contratou para ficar de sobreaviso sobre o homem. Não há nenhuma *prova* que apoie isso, temos apenas a palavra de Hardman. Vamos a seguir examinar a questão: seria este

Hardman a pessoa que finge ser, um agente de campo de uma agência de detetives de Nova York?

"O que, a meu modo de ver, é tão interessante neste caso é que não temos nenhuma das comodidades proporcionadas à polícia. Não podemos investigar a idoneidade de nenhuma dessas pessoas. Temos de nos fiar puramente em deduções. O que, para mim, torna a questão muito mais interessante. Não há tarefas de rotina. É uma questão de intelecto. Eu me pergunto: 'Podemos aceitar o que Hardman declara sobre si?'. Tomo minha decisão e respondo: 'Sim'. Sou da opinião de que *podemos* aceitar o que Hardman diz sobre si mesmo."

– Confia na intuição, no que os americanos chamam de palpite? – perguntou o dr. Constantine.

– De modo algum. Respeito as probabilidades. Hardman está viajando com um passaporte falso; isso de imediato o torna alvo de suspeitas. A primeira coisa que a polícia fará quando chegar à cena é deter Hardman e telegrafar para saber se o que declara sobre si mesmo é verdade. No caso de muitos dos passageiros, será difícil estabelecer a idoneidade de cada um; na maioria dos casos, provavelmente, nem se vai tentar, em especial se não parece haver nada ligado a eles que cause desconfiança. Porém, no caso de Hardman, é simples. Ou ele é a pessoa pela qual está se fazendo passar ou não é. Portanto, digo que tudo provará estar em ordem.

– Isso o absolve de qualquer suspeita?

– De jeito nenhum. Estão me entendendo mal. Até onde sei, qualquer detetive americano pode ter seus motivos pessoais para querer matar Ratchett. Não, o que estou dizendo é que acho que podemos *aceitar* a história de Hardman sobre *si mesmo*. Essa história que ele conta de Ratchett tê-lo procurado e contratado não é impossível e é muito provável, embora, com certeza, não seja necessariamente verdade. Se formos aceitá-la como verdade, deveremos verificar se há alguma confirmação disso. E vamos encontrá-la em um lugar muito inesperado: no depoimento de Hildegarde Schmidt. A descrição que ela fez do homem que viu com uniforme da Wagon Lit encaixa-se com precisão. Existe mais alguma confirmação dessas duas histórias? Sim. Existe o botão encontrado pela sra. Hubbard em sua própria cabine. E existe ainda outra declaração corroborante que talvez não tenham percebido.

– E qual é?

– O fato de ambos, o coronel Arbuthnot e Hector MacQueen, mencionarem que o condutor passou pela cabine deles. Não deram importância especial ao fato, mas messieurs, *Pierre Michel declarou não ter deixado seu assento exceto em certas ocasiões específicas*, nenhuma das quais o levaria à ponta final do vagão passando pela cabine na qual Arbuthnot e MacQueen estavam sentados.

"Sendo assim, esta história, a história de um homem pequeno e moreno com voz de mulher vestido em um uniforme da Wagon Lit, repousa sobre o depoimento, direto ou indireto, de quatro testemunhas."

– Há um pequeno detalhe – disse o dr. Constantine. – Se a história de Hildegarde Schmidt for verdadeira, como é que o legítimo condutor não menciona tê-la visto quando foi atender a campainha da sra. Hubbard?

– Isso se explica, eu acho. Quando ele chegou para atender a sra. Hubbard, a criada estava lá dentro com a patroa.

Quando finalmente ela retorna à sua cabine, o condutor estava com a sra. Hubbard.

Monsieur Bouc esperava com dificuldade até que os dois concluíssem.

– Sim, sim, meu amigo – disse em tom impaciente para Poirot. – Mas ao mesmo tempo em que admiro sua cautela, seu método de dar um passo de cada vez, proponho que ainda não tocou no ponto em questão. Estamos todos de acordo que essa pessoa existe. O ponto é... *para onde ela foi*?

Poirot balançou a cabeça com ar reprovador.

– Está equivocado. Está inclinado a colocar a carroça na frente dos bois. Antes de me perguntar: "Como foi que este homem desapareceu?", me pergunto: "Será que este homem de fato existe?". Porque, veja, se o homem for uma invenção... uma fabricação, fica tão mais fácil de fazê-lo desaparecer! Então tento estabelecer primeiro que realmente exista essa pessoa de carne e osso.

"E tendo chegado ao fato de que existe... *eh bien*, onde está nesse momento?

"Há apenas duas respostas para isso, *mon cher*. Ou está ainda escondido no trem, em um lugar de extraordinária genialidade que sequer nos passa pela cabeça, ou então ele seria, como diríamos, *duas pessoas*. Ou seja, ele é tanto ele próprio, o homem temido pelo sr. Ratchett, quanto um passageiro no trem, tão bem disfarçado que o sr. Ratchett não o reconheceu."

– Essa é uma ideia – disse monsieur Bouc, com o rosto iluminando-se. Então tornou a ficar obscurecido. – Mas há uma objeção...

Poirot tirou as palavras da boca dele.

– A altura do homem. É isso que está dizendo? Com a exceção do criado do sr. Ratchett, todos os passageiros são homens grandes; o italiano, o coronel Arbuthnot, Hector MacQueen, o conde Andrenyi. Bem, isso nos deixa o criado... não é uma suposição muito provável. Mas há outra possibilidade. Lembrem-se da voz "de mulher". Isso nos dá outras opções. O homem pode estar disfarçado de mulher ou, como alternativa, pode, na verdade, *ser* uma mulher. Uma mulher alta vestida em roupas masculinas pode parecer pequena.

– Mas, com certeza, Ratchett saberia disso...

– Talvez ele *soubesse*. Quem sabe essa mulher já houvesse atentado contra a vida dele usando roupas masculinas para melhor atingir o seu objetivo. Ratchett pode ter adivinhado que ela usaria o mesmo truque de novo; então diz a Hardman para ficar atento a um homem. Menciona, no entanto, uma voz de mulher.

– É uma possibilidade – comenta monsieur Bouc. – Mas...

– Escute, meu amigo, acho que devo agora lhes falar de certas inconsistências percebidas pelo dr. Constantine.

Ele pormenorizou longamente as conclusões a que ele e o médico haviam chegado juntos sobre a natureza dos ferimentos do morto. Monsieur Bouc resmungou e segurou a cabeça de novo.

– Eu sei – disse Poirot, compreensivo. – Sei exatamente como se sente. A cabeça roda, não é mesmo?

– A coisa toda é uma fantasia – queixou-se monsieur Bouc.

– Exato. É absurdo... improvável... não pode ser. Eu mesmo já disse isso. E, no entanto, meu amigo, *lá está*! Não se pode fugir dos fatos.

– É loucura!

– Não é? É tão louco, meu amigo, que às vezes sou assombrado pela sensação de que, na verdade, deve ser muito simples... Mas esse é apenas mais um de meus "palpites".

– Dois assassinos – grunhiu monsieur Bouc. – E a bordo do Expresso Oriente.

O pensamento quase o fez chorar.

– E agora vamos tornar a fantasia ainda mais fantástica – propôs Poirot com alegria. – Ontem à noite, no trem, havia dois estranhos misteriosos. Temos o atendente da Wagon Lit, que corresponde à descrição que nos foi dada pelo sr. Hardman e visto por Hildegarde Schmidt, coronel Arbuthnot e sr. MacQueen. Temos também uma mulher em um quimono vermelho; uma mulher alta, magra, vista por Pierre Michel, pela srta. Debenham, pelo sr. MacQueen e por mim mesmo, e ainda farejada, digamos, pelo coronel Arbuthnot! Quem era ela? Ninguém no trem admite ter um quimono escarlate. Ela também desapareceu. Era a mesma pessoa que o espúrio atendente da Wagon Lit? Ou era uma personalidade distinta? Onde estão esses dois? E, incidentalmente, onde estão o uniforme da Wagon Lit e o quimono escarlate?

– Ah! Algo mais palpável – monsieur Bouc deu um salto, ansioso. – Devemos dar uma busca nas bagagens de todos os passageiros. Sim, isso vai render alguma coisa.

Poirot também se levantou.

– Vou arriscar uma profecia – declarou.

– Sabe onde eles estão?

– Tenho um palpite.

– Onde, então?

– Vai achar o quimono escarlate na bagagem de um dos homens e vai encontrar o uniforme de condutor da Wagon Lit na bagagem de Hildegarde Schmidt.

– Hildegarde Schmidt? Acha então...

– Não é o que você está pensando. Vou colocar da seguinte forma. Se Hildegarde Schmidt for culpada, *pode ser* que o uniforme seja encontrado na bagagem dela... mas se for inocente, *certamente* estará lá.

– Mas como... – balbuciou monsieur Bouc, porém desistiu logo.

– Que ruído é esse que se aproxima? – gritou. – Parece uma locomotiva em movimento.

O ruído se aproximava. Consistia de gritos estridentes e protestos na voz de uma mulher. A porta ao fundo do vagão-restaurante escancarou-se. A sra. Hubbard entrou com ímpeto.

– É horrível demais – gritou. – É simplesmente horrível demais. Dentro da minha nécessaire. A minha nécessaire. Uma faca enorme... com sangue por tudo.

E, de repente, desabando, desmaiou pesadamente sobre o ombro de monsieur Bouc.

Capítulo 14

A prova da arma

Com mais vigor do que cavalheirismo, monsieur Bouc depositou a senhora desmaiada com a cabeça sobre a mesa. O dr. Constantine chamou aos gritos um dos atendentes do restaurante, que chegou correndo.

– Segure a cabeça dela assim – disse o médico. – Se acordar, dê a ela um pouco de conhaque. Entendeu?

Então, ele saiu apressado atrás dos outros dois. Seu interesse estava apenas no crime; senhoras de meia-idade desfalecidas não o interessavam nem um pouco.

É possível que a sra. Hubbard tenha recuperado os sentidos bem mais rápido com esses métodos do que teria feito por si só. Poucos minutos mais tarde, estava sentada, tomando goles de conhaque de um copo oferecido pelo atendente e voltara a falar.

– Não consigo expressar o quanto foi terrível. Não suponho que ninguém neste trem possa entender meus sentimentos. Sempre fui muito sensível desde criança. Só de ver sangue... ui... oras, ainda hoje em dia. Fico toda esquisita só de lembrar.

O atendente ofereceu o copo outra vez.

– *Encore un peu, madame.*

– Acha melhor? Fui abstêmia a vida inteira. Simplesmente nunca toco em bebidas ou vinho em momento nenhum. Toda a minha família é abstinente. Mesmo assim, quem sabe, já que é apenas medicinal...

Bebeu mais um gole.

Nesse meio-tempo, Poirot e monsieur Bouc, seguidos de perto pelo dr. Constantine, haviam saído às pressas do restaurante e seguido pelo corredor do vagão de Istambul em direção à cabine da sra. Hubbard.

Todos os viajantes no trem pareciam estar congregados do lado de fora da porta. O condutor, com uma expressão incomodada no rosto, segurava a todos.

– *Mais il n'y a rien à voir* – dizia e repetia o sentimento em várias outras línguas.

– Deixe-me passar, por favor – disse monsieur Bouc.

Espremendo sua rotundidade para passar pelos passageiros que obstruíam o caminho, entrou na cabine. Poirot estava logo atrás.

– Fico feliz que tenha vindo, monsieur – expressou o condutor, com um suspiro aliviado. – Todo mundo estava tentando entrar. A senhora americana, com os gritos que ela deu, *ma foi*! Achei que também fora assassinada! Vim correndo, e lá estava ela gritando feito uma louca, bradando que precisava chamar vocês, daí partiu, esganiçando-se a todo volume e contando para todo mundo nas cabines pelas quais passava o que havia acontecido.

Acrescentou, fazendo um gesto com a mão:

– A arma *está* aí dentro, monsieur. Não encostei em nada.

Pendurada na maçaneta da porta que dava acesso à cabine ao lado, estava uma nécessaire emborrachada, grande e xadrez. Logo abaixo, no chão, bem onde despencara da mão da sra. Hubbard, encontrava-se uma adaga de lâmina reta, um artigo barato, uma imitação oriental com o punho em relevo e a lâmina pontiaguda. A lâmina estava suja com manchas que pareciam ferrugem.

Poirot apanhou-a com delicadeza.

– Sim – murmurou. – Não há dúvidas. Aqui está nossa arma desaparecida com certeza, hein, doutor?

O doutor a examinou.

– Não precisa ser tão cuidadoso – disse Poirot. – Não deve haver nenhuma impressão digital nela exceto aquelas da sra. Hubbard.

O exame feito por Constantine não demorou muito.

– É a arma, sim – falou. – Corresponde a todos os ferimentos.

– Eu lhe imploro, meu amigo, para que não diga uma coisa dessas.

O doutor pareceu admirado.

– Já estamos sob um pesado fardo de coincidências. Duas pessoas decidem esfaquear o sr. Ratchett na mesma noite. É um abuso de bondade que cada uma delas tenha selecionado uma arma idêntica à outra.

– Quanto a isso, a coincidência não é, talvez, tão grande quanto parece – explicou o médico. – Milhares dessas imitações de armas orientais são fabricadas e enviadas aos bazares de Constantinopla.

– O senhor me consola um pouco, mas só um pouquinho – disse Poirot. Olhava pensativo para a porta à sua frente; então, levantando a nécessaire, testou a maçaneta. A porta não se mexeu. A mais ou menos trinta centímetros acima da maçaneta, localizava-se a tranca da porta. Poirot destravou-a e testou de novo, mas a porta ainda assim permanecia firme no lugar.

– Trancamos pelo lado de lá, lembra – disse o médico.

– Isso é verdade – concordou Poirot, um pouco desatento. Parecia estar pensando em alguma outra coisa. Sua testa exibia sulcos com ar de perplexidade.

– Faz sentido, não faz? – disse monsieur Bouc. – O homem passa por esta cabine. Ao fechar a porta divisória atrás de si, apalpa a nécessaire. O pensamento lhe vem e, rapidamente, enfia ali dentro a faca manchada de sangue. Então, sem saber que acordara a sra. Hubbard, esgueira-se pela outra porta e foge para o corredor.

– Como está dizendo – murmurou Poirot. – É isso que deve ter acontecido.

Contudo, a expressão de perplexidade não deixara seu rosto.

– Mas o que foi? – exigiu monsieur Bouc. – Há algo, não é, que não está a contento.

Poirot lançou-lhe um olhar fugaz.

– O mesmo pormenor não o incomoda? Não, evidente que não. Bem, é apenas um detalhe.

O condutor espiou para dentro da cabine.

– A senhora americana está retornando.

O dr. Constantine parecia bastante culpado. Achou que havia tratado a sra. Hubbard com certa arrogância. Mas ela não lhe fez nenhuma censura. Suas energias estavam concentradas em outro assunto.

– Vou dizer apenas uma coisa, já direto – disparou, sem fôlego, ao chegar à porta. – Não vou permanecer nesta cabine! Oras, não dormiria aqui esta noite nem que me pagassem um milhão de dólares.

– Mas, madame...

– Sei o que vão dizer e estou avisando já agora que não farei nada parecido! Oras, prefiro ficar sentada a noite inteira no corredor.

Começou a chorar.

– Oh! Se a minha filha fizesse ideia, se pudesse me ver agora, por que...

Poirot interrompeu-a com firmeza.

– Está compreendendo mal, madame. Sua exigência é das mais razoáveis. Sua bagagem será transferida de imediato para outra cabine.

A sra. Hubbard baixou o lenço.

– É isso mesmo? Oh, já estou me sentindo melhor. Mas com certeza está tudo lotado, a menos que um dos cavalheiros...

Monsieur Bouc se pronunciou.

– Sua bagagem, madame, será retirada inteiramente deste vagão. Receberá uma cabine no vagão seguinte, que foi acoplado em Belgrado.

– Ora, isso é esplêndido. Não sou uma mulher dada ao nervosismo, mas dormir naquela cabine com um morto na porta ao lado... – estremeceu. – Isso me levaria às raias da loucura.

– Michel! – chamou monsieur Bouc. – Leve esta bagagem para uma cabine desocupada no vagão Atenas–Paris.

– Pois não, monsieur. O mesmo que este, o de número 3?

– Não – disse Poirot antes que seu amigo pudesse responder. – Acho que seria melhor para a madame que recebesse um número bem diferente. O de número 12, por exemplo.

– *Bien*, monsieur.

O condutor pegou a bagagem. A sra. Hubbard voltou-se, cheia de gratidão, para Poirot.

– É muito gentil e delicado de sua parte. Aprecio muito, posso lhe assegurar.

– Não diga isso, madame. Vamos acompanhá-la e garantir que esteja confortavelmente instalada.

A sra. Hubbard foi escoltada pelos três até o seu novo lar. Examinou o ambiente com ar de felicidade.

– Está muito bom.

– Está a seu gosto, madame? Esta é, como vê, igual à cabine que deixou.

– É mesmo, só dá para o lado oposto. Mas isso não importa, pois esses trens primeiro correm em um sentido, depois em outro. Falei para a minha filha: "Quero uma cabine que fique de frente para o motor", e ela respondeu: "Ora, mamãe, não faz diferença para a senhora, pois vai dormir de um jeito e, quando acordar, o trem está indo na direção contrária". E foi bem verdade o que ela disse. Ontem à noite, entramos em um sentido em Belgrado e saímos em outro.

– De qualquer forma, madame, está mais feliz e contente agora?

– Bem, não, não diria isso. Aqui estamos presos em um banco de neve, ninguém faz nada a respeito, e meu navio vai partir depois de amanhã.

– Madame – disse monsieur Bouc –, estamos todos na mesma situação, todos nós.

– Bem, isso é verdade – admitiu a sra. Hubbard. – Mas ninguém mais tem um assassino passando por dentro da cabine deles no meio da noite.

– O que ainda me intriga, madame – disse Poirot –, é como foi que o homem entrou na sua cabine se a porta divisória estava trancada conforme a senhora disse. Tem certeza de que estava *trancada*?

– Ora, a senhora sueca testou diante dos meus olhos.

– Vamos só reconstituir essa pequena cena. A senhora estava deitada no seu beliche, assim, e não podia ver por si mesma, a senhora disse?

– Não, por causa da nécessaire. Ai, minha nossa, vou precisar comprar uma nova. Fico enjoada só de olhar para essa.

Poirot apanhou a nécessaire e pendurou na maçaneta da porta divisória que dava para a cabine ao lado.

– *Precisément*, entendo – disse. – A tranca fica logo abaixo da maçaneta, e a nécessaire a esconde. Não havia como enxergar de onde estava deitada para saber se a tranca estava virada ou não.

– Oras, é exatamente isso que estava lhes dizendo!

– E a senhora sueca, srta. Ohlsson, ficou parada assim, entre a senhora e a porta. Testou e disse-lhe que estava trancada.

– Foi isso.

– Mesmo assim, madame, ela pode ter se enganado. Vai entender o que estou falando – Poirot parecia ansioso para explicar. – A tranca é apenas uma projeção de metal, assim. Virada para a direita, a porta está trancada, se deixada reta, não está. É possível que tenha apenas tentado abrir a porta; se estivesse trancada pelo outro lado, ela pode ter achado que estava trancada pelo seu lado.

– Bem, acho que isso seria bastante estúpido da parte dela.

– Madame, as pessoas mais gentis, as mais amáveis, nem sempre são as mais inteligentes.

– Isso é verdade.

– Aliás, madame, a senhora viajou para Esmirna desse modo?

– Não. Velejei direto para Istambul, e um amigo da minha filha, o sr. Johnson, aliás um homem adorável, gostaria que o tivesse conhecido, me recebeu e me levou para conhecer Istambul, que eu achei uma cidade muito decepcionante, toda caindo aos pedaços. E quanto àquelas mesquitas e ter de colocar aquelas coisas enormes sobre os sapatos... onde eu estava?

– Estava dizendo que o sr. Johnson foi recebê-la.

– Foi isso, e me colocou a bordo de um barco mensageiro francês para Esmirna, e o marido da minha filha estava esperando já na plataforma. O que ele vai dizer quando souber de tudo isso? Minha filha disse que este seria o jeito mais seguro e mais tranquilo possível. "Vai ficar sentadinha no seu vagão", ela disse, "vai chegar direto em Parro, e lá a American Express vai recebê-la". Oh, céus, e como vou fazer para cancelar a passagem do vapor? Preciso informá-los. Não vou conseguir pegar o navio agora. Isso é horrível demais...

A sra. Hubbard deu sinais de ir às lágrimas mais uma vez.

Poirot, que estava se impacientando um pouco, aproveitou a oportunidade.

– A senhora sofreu um choque, madame. O atendente do restaurante será orientado a lhe trazer um pouco de chá com biscoitos.

– Não sei se me apetece um chá – disse a sra. Hubbard, chorosa. – Este é mais um hábito inglês.

– Café, então, madame. Precisa de algum estimulante.

– Aquele conhaque deixou minha cabeça um pouco estranha. Acho que gostaria de um pouco de café.

– Excelente. Precisa reavivar suas forças.

– Nossa, que expressão engraçada.

– Mas, primeiro, madame, um assunto de rotina. Permite que façamos uma busca em sua bagagem?

– Mas para quê?

– Estamos dando início a uma revista nas bagagens de todos os passageiros. Não quero relembrá-la de uma experiência desagradável, mas sua nécessaire... a senhora se recorda?

– Misericórdia! É melhor que façam mesmo! Não suportaria ter mais nenhuma surpresa desse tipo.

O exame terminou rapidamente. A sra. Hubbard viajava com um mínimo de bagagem... uma caixa de chapéu, uma mala barata e uma bolsa de viagem bastante carregada. O conteúdo das três era simples e direto, e o exame não teria levado mais do que poucos minutos se a sra. Hubbard não houvesse atrasado os procedimentos insistindo para que prestassem atenção nas fotos da "minha filha" e de duas crianças bastante feias... "Os filhos da minha filha. Não são uns arteiros?"

Capítulo 15

O exame das bagagens dos passageiros

Após ter manifestado várias insinceridades bem-educadas e dito à sra. Hubbard que mandaria pedir que lhe levassem um café, Poirot conseguiu ser dispensado na companhia de seus dois amigos.

– Bem, ganhamos terreno, mas não demos sorte – observou monsieur Bouc. – Quem vamos abordar agora?

– Acho que seria mais simples prosseguir na ordem do trem, cabine por cabine. Isso significa que começaremos pelo número 16, o simpático sr. Hardman.

O sr. Hardman, que fumava um charuto, recebeu-os com afabilidade.

– Vamos entrando, senhores, isto é, se for humanamente possível. É um bocadinho apertado aqui para uma festa.

Monsieur Bouc explicou o objetivo da visita, e o detetive grandalhão assentiu, compreensivo.

– Tudo bem. Para dizer a verdade, estava me perguntando por que não fizeram isso antes. Aqui estão minhas chaves, cavalheiros, e, se quiserem vasculhar meus bolsos também, ora, fiquem à vontade. Devo baixar as maletas para vocês?

– O condutor fará isso. Michel!

O conteúdo das duas “maletas” do sr. Hardman foi logo examinado e passou na prova. Elas continham talvez uma proporção indevida de bebida destilada. O sr. Hardman deu uma piscadela.

– Não é sempre que revisam as malas na fronteira, não se for tudo ajeitado com o condutor. Entreguei um maço de notas turcas já de início e até agora não tive problemas.

– E em Paris?

Ele deu outra piscadela.

– Até chegar a Paris – declarou –, o que tiver sobrado deste pequeno lote vai caber em um vidro rotulado como xampu.

– Não acredita na lei seca, monsieur Hardman – perguntou monsieur Bouc, com um sorriso.

– Bem – respondeu Hardman. – Não posso dizer que a lei seca tenha me causado alguma preocupação.

– Ah! – exclamou monsieur Bouc. – O *speakeasy* – ele pronunciou a palavra com carinho, saboreando-a. – Os vocábulos dos americanos são tão singulares, tão expressivos – disse.

– Eu gostaria muitíssimo de viajar para a América – afirmou Poirot.

– Aprenderia uns métodos inovadores por lá – disse Hardman. – A Europa precisa despertar. Está semiadormecida.

– É verdade que a América é o país do progresso – concordou Poirot. – Há muito que admiro sobre os americanos. Só que, talvez eu seja muito antiquado, acho a mulher americana menos encantadora do que as minhas conterrâneas. A uma moça francesa ou belga, toda coquete, charmosa, acho que não há ninguém que se compare.

Hardman deu as costas para perscrutar a neve por um minuto.

– Talvez tenha razão, monsieur Poirot – disse. – Mas acho que todos os países dão sempre preferência às suas próprias garotas.

Piscou como se a neve lhe machucasse os olhos.

– Meio ofuscante, não é? – assinalou. – Convenhamos, cavalheiros, esse negócio está me dando nos nervos. O assassinato e a neve, e nada para se *fazer*. Só ficar por aí matando tempo. Gostaria de me ocupar com alguém ou alguma coisa.

– O verdadeiro espírito apressado do oeste – disse Poirot, com um sorriso.

O condutor reacomodou as malas, e passaram à próxima cabine. O coronel Arbuthnot estava sentado num canto fumando cachimbo e lendo uma revista.

Poirot explicou a missão deles. O coronel não criou empecilhos. Possuía duas malas pesadas de couro.

– O resto do meu kit já foi enviado por mar – explicou.

Como a maioria dos homens do exército, o coronel tinha as malas organizadas. O exame da bagagem levou poucos minutos. Poirot reparou em um pacote de limpadores de cachimbo.

– Usa sempre do mesmo tipo? – perguntou.

– Em geral. Se achar para comprar.

– Ah! – Poirot assentiu.

Os limpadores eram idênticos ao que ele encontrara no piso da cabine do morto.

O dr. Constantine observou o mesmo quando saíram de volta ao corredor.

– *Tout de même* – murmurou Poirot –, mal posso acreditar. Não é *dans son caractère*, e isso resume tudo.

A porta da cabine seguinte estava fechada. Era ocupada pela princesa Dragomiroff. Bateram à porta, e a princesa respondeu com sua voz grave:

– *Entrez.*

Monsieur Bouc foi o porta-voz. Foi muito atencioso e educado ao explicar a incumbência deles.

A princesa ouviu-o em silêncio; seu pequeno rosto de sapo estava bastante impassível.

– Se é necessário, messieurs – disse baixinho quando ele concluiu –, não há o que fazer. Minha camareira tem as chaves. Vai ajudá-los com tudo.

– Sua camareira sempre fica com suas chaves, madame? – perguntou Poirot.

– Certamente, monsieur.

– E se durante a noite, em alguma das fronteiras, os oficiais de alfândega exigirem que seja aberto algum volume de bagagem?

A velha deu de ombros.

– É bastante improvável. Mas, se for o caso, o condutor a chamaria.

– Confia nela cegamente, madame?

– Já lhes disse isso antes – falou a princesa baixinho. – Não emprego pessoas em quem não confio.

– Pois não – disse Poirot, refletindo. – A confiança é de fato algo valioso nos dias de hoje. Talvez seja melhor uma mulher simplória em quem se pode confiar do que uma criada mais *chic*, como, por exemplo, alguma parisiense perspicaz.

Viu os olhos inteligentes e escuros se revirarem e recaírem fixos sobre o seu rosto.

– O que exatamente está insinuando, monsieur Poirot?

– Nada, madame. Eu? Nada.

– Está sim. Acha, não é mesmo, que eu deveria ter uma francesa inteligente para cuidar da minha toalete?

– Seria, quem sabe, mais costumaz, madame.

Ela meneou a cabeça.

– Schmidt é devotada a mim – sua voz se demorou, prolongando as palavras. – A devoção, *c'est impayable.*

A alemã chegou com as chaves. A princesa falou com ela em sua própria língua, dizendo para abrir as valises e ajudar os cavalheiros em sua busca. Ela própria permaneceu no corredor olhando para a neve, e Poirot ficou ali com ela, deixando para monsieur Bouc a tarefa de vasculhar a bagagem.

Ela o olhou com um sorriso sombrio.

– Bem, monsieur, não deseja ver o que minhas valises contêm?

Balançou a cabeça.

– Madame, é apenas uma formalidade.

– Tem tanta certeza assim?

– No seu caso, sim.

– E no entanto eu conhecia e amava Sonia Armstrong. O que acha então? Que eu não sujaria minhas mãos matando um *canaille* como esse homem Cassetti? Bem, talvez tenha razão.

Ficou em silêncio um ou dois minutos, então ela falou:

– Com um homem desses, sabe o que eu gostaria de ter feito? Gostaria de ter pedido aos meus criados: "Açoitem esse homem até a morte e o joguem no monte de lixo". Era assim que fazíamos as coisas quando eu era jovem, monsieur.

Ainda assim ele não falou, apenas ouvia atentamente.

Ela olhou para ele com uma impetuosidade súbita.

– Não diz nada, monsieur Poirot. No que está pensando, fico a imaginar?

Ele a fitou com um olhar muito direto.

– Acho, madame, que sua força está na vontade, não nos seus braços.

Ela baixou os olhos para os braços magros, vestidos de preto, terminando naquelas mãos amareladas que pareciam garras com anéis nos dedos.

– É verdade – admitiu. – Não tenho força nesses braços... nenhuma. Não sei se fico sentida ou aliviada.

Então se voltou, abruptamente, para a cabine onde a criada estava ocupada empacotando as malas.

A princesa abreviou as desculpas do monsieur Bouc.

– Não há necessidade de pedir desculpas, monsieur – falou. – Um assassinato foi cometido. Certas ações precisam ser executadas. Isso é tudo.

– *Vous êtes bien amiable, madame.*

Inclinou a cabeça de leve quando eles partiram.

As portas das duas cabines seguintes estavam fechadas. Monsieur Bouc fez uma pausa e coçou a cabeça.

– *Diable*! – praguejou. – Isso será constrangedor. Esses têm passaporte diplomático. A bagagem deles é isenta.

– De ser examinada pela alfândega, sim. Mas um assassinato é diferente.

– Eu sei. Seja como for... não queremos criar complicações...

– Não se angustie, meu amigo. O conde e a condessa serão razoáveis. Veja como a princesa Dragomiroff foi amável para tratar do assunto.

– É realmente uma *grande dame*. Esses dois partilham da mesma posição, mas o conde me deu a impressão de ser um homem com uma disposição um tanto truculenta. Não gostou nada quando você insistiu em questionar a esposa. E isso vai aborrecê-lo ainda mais. Suponhamos, hein, que a gente os omita. Afinal de contas, não podem ter nada a ver com a questão. Por que devemos atiçar uma encrenca desnecessária para mim?

– Não concordo – disse Poirot. – Estou certo de que o conde Andrenyi será razoável. De qualquer forma, vamos tentar.

E antes que monsieur Bouc pudesse responder, ele bateu com força na porta de número 13.

Uma voz lá de dentro falou:

– *Entrez.*

O conde estava sentado no canto junto à porta lendo o jornal. A condessa estava enrolada no canto oposto, próximo à janela. Havia um travesseiro atrás da cabeça dela, e parecia que andara dormindo.

– *Pardon, monsieur le comte* – começou Poirot. – Rogo que perdoe nossa intrusão. É que estamos passando em revista todas as bagagens do trem. Na maioria dos casos, é uma mera formalidade. Mas precisa ser feito. Monsieur Bouc sugere que, como têm passaporte diplomático, vocês podem facilmente pedir para serem isentos desta inspeção.

O conde considerou por um momento.

– Obrigado – disse. – Mas acho que não gostaria que fosse feita uma exceção no meu caso. Preferiria que nossa bagagem fosse inspecionada como a dos outros passageiros.

Voltou-se para a esposa.

– Não faz nenhuma objeção, espero, Elena?

– De modo algum – disse a condessa, sem hesitação.

Seguiu-se uma busca rápida e um tanto perfunctória. Poirot parecia se esforçar para mascarar seu constrangimento fazendo vários comentários triviais e sem sentido, tais como:

– Há uma etiqueta molhada na sua mala, madame – ao baixar uma pasta de marroquim azul com iniciais e um diadema.

A condessa nem respondeu à observação. Parecia, de fato, bastante entediada pelos procedimentos, permanecendo enrolada em seu canto, fitando com ar sonhador pela janela enquanto os homens vasculhavam sua bagagem na cabine.

Poirot terminou a inspeção abrindo o pequeno armário sobre a pia e dando uma rápida olhada em seu conteúdo: uma esponja, creme facial, pó e um vidrinho de remédio rotulado como trional.

Então, com comentários educados de ambas as partes, o grupo de inspeção se retirou.

A cabine da sra. Hubbard, a do morto e a de Poirot vieram em seguida.

Então chegaram aos vagões da segunda classe. A primeira cabine, com os leitos 10 e 11, estava ocupada por Mary Debenham, que estava lendo um livro, e Greta Ohlsson, que dormia um sono pesado mas acordou de susto com a entrada deles.

Poirot repetiu a fórmula. A senhora sueca parecia agitada; Mary Debenham, com uma calma indiferente.

Poirot dirigiu-se à sueca.

– Com sua permissão, mademoiselle, vamos examinar sua bagagem primeiro, e então talvez possa fazer a gentileza de verificar como está passando a senhora americana. Nós a transferimos para uma das cabines no próximo vagão, mas continua bastante incomodada como resultado da última descoberta.

Pedi que lhe levassem um café, mas acho que, para ela, é artigo de primeira necessidade ter alguém com quem conversar.

A boa senhora demonstrou uma compaixão instantânea. Responderia de imediato. Deve ter sido de fato um choque terrível para os nervos, e a pobre senhora já estava aborrecida com a viagem e por ter se despedido da filha. Ah, sim, com certeza iria de uma vez, sua mala não estava trancada e levaria consigo um pouco de sal amoníaco.

Saiu agitada. Seus pertences foram logo examinados. Eram de uma escassez extrema. Era evidente que não reparara nos arames que agora faltavam na caixa de chapéu.

A srta. Debenham pusera o livro de lado. Ficou observando Poirot. Quando este lhe pediu, entregou as chaves. Então, quando ele baixou uma das maletas e abriu, ela disse:

– Por que a mandou embora daqui, monsieur Poirot?

– Eu, mademoiselle? Ora, para que atendesse à senhora americana.

– Um pretexto excelente, mas ainda assim um pretexto.

– Não a estou entendendo, mademoiselle.

– Acho que me entende muito bem.

Ela sorriu.

– Queria ficar a sós comigo. Não foi isso?

– Está colocando palavras na minha boca, mademoiselle.

– E ideias na sua cabeça? Não, não creio nisso. As ideias já estão lá. É isso mesmo, não é?

– Mademoiselle, temos um provérbio...

– *Que s'excuse s'accuse**, era o que ia dizer? Deve me dar o devido crédito por certo grau de observação e bom

---

* "Quem se desculpa, se acusa". Em francês no original. (N.E.)

senso. Por algum motivo, enfiou na sua cabeça que sei algo sobre esse assunto sórdido, este assassinato de um homem que nunca vi antes.

– Está imaginando coisas, mademoiselle.

– Não, não estou imaginando coisa nenhuma. Mas me parece que muito tempo é desperdiçado quando não se fala a verdade, quando fazemos rodeios em vez de dizer as coisas diretamente.

– E não gosta do desperdício tempo. Não, gosta de ir direto ao ponto. Gosta do método direto. *Eh bien*, vou aplicar-lhe o método direto. Vou lhe perguntar o significado de certas palavras que escutei na viagem da Síria. Eu saíra do trem para fazer o que os ingleses chamam de "esticar as pernas" na estação de Konya. Sua voz e a do coronel, mademoiselle, chegaram até mim no silêncio da noite. A senhorita dizia-lhe: "*Não agora. Não agora. Quando tudo estiver terminado. Quando tivermos deixado tudo para trás.*". O que quis dizer com aquelas palavras, mademoiselle?

Ela falou bem baixinho:

– Acha que estava me referindo a... um assassinato?

– Sou eu quem está lhe perguntando, mademoiselle.

Ela suspirou, perdeu-se em pensamentos por um minuto. Então, como se acordasse de um sonho, disse:

– Aquelas palavras tinham um significado, monsieur, mas não posso lhe explicar do que se trata. Posso apenas lhe dar minha palavra de honra mais solene de que jamais pusera os olhos em Ratchett na minha vida antes de vê-lo neste trem.

– E se recusa a explicar aquelas palavras?

– Sim, se prefere colocar desse modo, eu me recuso. Elas tinham a ver com uma tarefa que a me propus.

– Uma tarefa que agora está concluída?

– O que quer dizer?

– Está concluída, não está?

– Por que pensaria isso?

– Escute, mademoiselle, vou recapitular outro incidente. Houve um atraso no trem no dia em que devíamos alcançar Istambul. A senhorita ficou muito nervosa, mademoiselle. A senhorita, que é sempre tão calma, tão controlada, perdeu a calma.

– Não queria perder minha conexão.

– Foi o que comentou. Porém, mademoiselle, o Expresso Oriente parte de Istambul todos os dias da semana. Mesmo se tivesse perdido a conexão, teria sido apenas de um atraso de 24 horas.

A srta. Debenham pela primeira vez demonstrou sinais de estar perdendo a paciência.

– Não parece perceber que as pessoas podem ter amigos esperando por sua chegada em Londres e que um dia de atraso atrapalha o planejamento e causa muitos transtornos.

– Ah, é só isso? Há amigos aguardando sua chegada? Não lhes quer causar inconvenientes?

– Naturalmente.

– E ainda assim... é curioso...

– O que é curioso?

– Neste trem, mais uma vez, temos um atraso. E, desta vez, um atraso mais sério, já que não há a possibilidade de enviar um telegrama para seus amigos ou chamá-los na longa... a longa...

– A chamada de longa distância? Está falando do telefone?

– Ah, sim, a chamada interviagem, como dizem na Inglaterra.

Mary Debenham não conseguiu disfarçar o sorriso.

– Ligação interurbana – corrigiu. – Sim, como diz, é extremamente irritante não se poder mandar uma só palavra, seja por telefone ou telégrafo.

– E, no entanto, mademoiselle, *desta* vez seu comportamento está muito diferente. Não deixa transparecer a impaciência. Está calma e filosófica.

Mary Debenham corou e mordeu o lábio. Não se sentia mais inclinada a sorrir.

– Não vai responder nada, mademoiselle?

– Sinto muito. Não sabia que havia algo a ser respondido.

– A explicação sobre sua mudança de atitude, mademoiselle.

– Não acha que está criando caso à toa, monsieur Poirot?

Poirot abriu as mãos em um gesto de desculpas.

– É talvez nosso defeito como detetives. Esperamos que o comportamento seja sempre consistente. Não permitimos mudanças de temperamento.

Mary Debenham não contestou.

– Conhece bem o coronel Arbuthnot, mademoiselle?

Imaginou que ela houvesse ficado aliviada com a mudança de assunto.

– Eu o vi pela primeira vez durante a viagem.

– Tem algum motivo para suspeitar de que ele conhecesse Ratchett?

Fez que não de forma decidida.

– Estou bastante segura de que não o conhecia.

– Por que está segura?

– Pelo jeito que ele falou.

– E, no entanto, mademoiselle, encontramos um limpador de cachimbos no piso da cabine do morto, sendo que o coronel Arbuthnot é o único homem no trem que fuma cachimbo.

Ele a observou com cuidado, mas ela não demonstrou nenhuma surpresa nem emoção; limitou-se a dizer:

– Tolice! É absurdo. O coronel Arbuthnot é o último homem no mundo que se envolveria em um crime, especialmente um crime de estilo tão teatral como este.

A ideia ia tão ao encontro do que o próprio Poirot pensava, ele se percebeu a ponto de concordar. Em vez disso, falou:

– Devo lembrá-la de que não o conhece muito bem, mademoiselle.

Ela deu de ombros.

– Conheço bastante bem o tipo.

Ele disse com muita suavidade:

– Ainda se recusa a me contar o significado das palavras: "Quando tivermos deixado tudo para trás"?

Ela respondeu com frieza:

– Não tenho mais nada a dizer.

– Não faz diferença – disse Hercule Poirot. – Vou descobrir.

Ele fez uma reverência e saiu da cabine, fechando a porta atrás de si.

– Isso foi inteligente, meu amigo? – perguntou monsieur Bouc. – Deixou-a em estado de alerta e, através dela, também o coronel.

– *Mon ami*, se quiser pegar um coelho, precisa jogar um furão dentro do buraco, e, se houver um coelho lá, ele sai correndo. Foi isso que fiz.

Entraram na cabine de Hildegarde Schmidt.

A mulher estava de pé, pronta, o rosto respeitoso, mas sem exprimir qualquer emoção.

Poirot deu uma olhada rápida no conteúdo da pequena maleta sobre o assento. Então gesticulou para o atendente baixar a mala maior de cima do aramado.

– As chaves? – pediu.

– Não está trancada, monsieur.

Poirot abriu as trancas e ergueu a tampa.

– A-há! – disse, voltando-se para monsieur Bouc. – Lembra-se do que falei? Olhe aqui um momentinho!

No topo da mala estava um uniforme marrom da Wagon Lit enrolado às pressas.

A postura imperturbável da alemã sucumbiu a uma alteração súbita.

– *Ach*! – gritou. – Isso não é meu. Não coloquei isso aí. Nunca mais olhei dentro dessa mala desde que saímos de Istambul. É verdade, é verdade de fato.

Movia o pescoço de um para o outro, suplicante.

Poirot segurou-a gentilmente pelo braço e acalmou-a.

– Não fique assim, está tudo bem. Acreditamos na senhora. Não fique nervosa. Tenho tanta certeza de que não escondeu o uniforme ali quanto tenho certeza de que a senhora é uma boa cozinheira. Viu. É uma boa cozinheira, não é?

Pasma, a mulher sorriu apesar de tudo.

– Sim, de fato, todas as minhas patroas diziam isso. Eu...

Ela parou, de boca aberta, parecendo novamente assustada.

– Não, não – disse Poirot. – Garanto à senhora que está tudo bem. Veja, vou lhe dizer como isso aconteceu. Este homem, o homem que viu no uniforme da Wagon Lit, sai da cabine do morto. Choca-se com a senhora. Isso é um azar para ele. Esperava que ninguém fosse vê-lo. O que faz em seguida? Precisa se livrar do uniforme. Agora não é mais proteção, mas um perigo.

O olhar foi para monsieur Bouc e dr. Constantine, que escutavam atentamente.

– Temos a neve, entende. A neve que atrapalha todos os planos dele. Onde pode esconder essas roupas? Todas as cabines estão ocupadas. Não, ele passa por uma cuja porta está aberta e que parece estar desocupada. Deve ser o da mulher com quem ele acaba de colidir. Ele entra, retira o uniforme e o enfia às pressas dentro de uma mala sobre o aramado. Vai levar um tempo até ser descoberto.

– E então? – perguntou monsieur Bouc.

– É o que vamos debater – disse Poirot com um olhar de advertência.

Segurou a túnica. Um botão, o terceiro de cima para baixo, estava faltando. Poirot escorregou a mão no bolso e tirou dali uma chave-mestra do condutor, usada para destrancar as portas das cabines.

– Eis a explicação de como nosso homem foi capaz de passar pelas portas trancadas – disse monsieur Bouc. – Suas perguntas à sra. Hubbard foram desnecessárias. Trancada ou não, o homem podia passar com facilidade pela porta divisória. Afinal, se conseguiu um uniforme da Wagon Lit, por que não uma chave?

– Por que não, de fato – disse Poirot.

– Deveríamos ter desconfiado, realmente. Lembram-se de Michel dizendo que a porta do corredor da cabine da sra. Hubbard estava trancada quando ele foi responder à campainha dela.

– Isso mesmo, monsieur – confirmou o condutor. – Foi por isso que pensei que aquela senhora deveria ter sonhado.

– Mas agora é fácil – continuou monsieur Bouc. – Sem dúvida, teve a intenção de voltar a trancar também a porta divisória, mas talvez tenha escutado algum movimento vindo da cama e aquilo o assustou.

– Agora só falta – disse Poirot – encontrarmos o quimono escarlate.

– É verdade. E essas duas últimas cabines estão ocupadas por homens.

– Vamos vasculhar do mesmo modo.

– Oh! Com toda a certeza! Além disso, lembro-me do que você disse.

Hector MacQueen consentiu de boa vontade com a inspeção.

– Até prefiro que façam isso de uma vez – disse com um sorriso pesaroso. – Sinto que sou definitivamente o personagem mais suspeito do trem. Bastava encontrarem um testamento no qual o velho me deixava todo o seu dinheiro e isso resolveria tudo.

Monsieur Bouc lançou um olhar desconfiado para ele.

– É brincadeira – disse MacQueen apressadamente. – Ele nunca teria me deixado um centavo. Eu era apenas útil para ele, com os idiomas, e assim por diante. A pessoa é passível de ser enganada, sabe, se não falar nada além de um bom inglês americano. Eu mesmo não sou nenhum poliglota, mas sei usar comentários impertinentes para compras e hotéis em francês, alemão e italiano.

O tom de voz dele estava um pouco mais alto do que de costume. Era como se estivesse um pouco desconfortável com a inspeção apesar de sua boa vontade.

Poirot emergiu.

– Nada – disse. – Nem sequer um testamento comprometedor!

MacQueen suspirou.

– Bem, tira um peso da minha consciência – falou fazendo graça.

Passaram para a última cabine. O exame das bagagens do italiano e do criado não rendeu nada.

Os três homens ficaram parados no fundo do vagão entreolhando-se.

– E agora? – perguntou monsieur Bouc.

– Voltamos ao vagão-restaurante – declarou Poirot. – Sabemos tudo o que podemos saber. Temos os depoimentos dos passageiros, as evidências das bagagens, o testemunho de nossos olhos. Não podemos contar com nenhuma outra ajuda. Nossa tarefa agora é usar nossos cérebros.

Tateou o bolso em busca de sua cigarreira. Estava vazia.

– Eu me juntarei a vocês num instante – disse. – Vou precisar dos cigarros. Este é um caso muito difícil, muito curioso. Quem vestia aquele quimono escarlate? Onde ele está agora? É o que queria saber. Há algo neste caso... algum fator... que me escapa! É difícil porque foi dificultado de propósito. Mas vamos conversar sobre isso. Com sua licença, um instante.

Saiu apressado pelo corredor até sua própria cabine. Tinha, conforme sabia, um suprimento extra de cigarros em uma de suas valises.

Baixou-a e abriu a presilha.

Então sentou-se para trás sobre os calcanhares e fixou o olhar.

Dobrado, com muito jeito, no topo da maleta, estava um fino quimono de seda escarlate bordado com dragões.

– Então – murmurou. – É assim. Uma provocação. Muito bem. Eu aceito.

PARTE 3

Hercule Poirot senta-se para pensar

Capítulo 1

Qual deles?

Monsieur Bouc e o dr. Constantine estavam conversando quando Poirot entrou no vagão-restaurante. Monsieur Bouc parecia deprimido.

– *Le voilà* – disse este último quando avistou Poirot.

Então acrescentou quando o amigo sentou-se:

– Se resolver este caso, *mon cher*, vou de fato acreditar em milagres!

– Isso o preocupa, este caso?

– Naturalmente, me preocupa. Para mim, nao tem pé nem cabeça.

– Concordo – disse o doutor.

Olhou para Poirot com interesse.

– Para ser franco – falou –, não consigo ver o próximo passo que vai dar.

– Não? – perguntou Poirot de modo pensativo.

Quando puxou a cigarreira e acendeu um de seus cigarros diminutos, seu olhar tinha um ar sonhador.

– Para mim, isso é o interessante deste caso – declarou. – Estamos isolados de todas as rotas normais de procedimento. Essas pessoas, cujo depoimento foi tomado, estão falando a verdade ou mentindo? Não temos como descobrir, exceto pelos meios que nós mesmos pudermos inventar. É um exercício do cérebro.

– Isso é tudo muito bom – disse monsieur Bouc. – Mas o que temos para nos basear?

– Acabo de lhes dizer. Temos os depoimentos dos passageiros e nossos olhos como testemunhas.

– Belos depoimentos esses dos passageiros! Não nos revelaram absolutamente nada.

Poirot meneou a cabeça.

– Não concordo, meu amigo. O testemunho dos passageiros nos forneceu vários pontos interessantes.

– Ah, é – disse monsieur Bouc em tom cético. – Não reparei.

– Isso é porque não estava escutando.

– Bem, então me diga, o que foi que perdi?

– Vou dar apenas um exemplo: o primeiro depoimento que ouvimos, o do jovem MacQueen. Ele proferiu, para meu entendimento, uma frase muito significativa;

– Sobre as cartas?

– Não, não sobre as cartas. Até onde me lembro, as palavras foram: "*Nós viajamos por aí. O sr. Ratchett queria ver o mundo. Sentia-se impossibilitado por não saber falar outras línguas. Atuei mais como mensageiro do que secretário*".

Passou do rosto do doutor para o de monsieur Bouc.

– Como? Ainda não estão enxergando? É imperdoável, pois vocês tiveram ainda uma segunda chance, bem agora quando ele falou: "*A pessoa é passível de ser enganada se não falar nada além de um bom inglês americano*".

– Está dizendo...? – monsieur Bouc ainda parecia perplexo.

– Ah, querem que lhes explique tudo em palavras bem simples. Bem, aqui está! O *sr. Ratchett não falava francês.*

Porém, quando o condutor foi responder à campainha dele na noite passada, foi uma voz falando em *francês* que respondeu que fora um engano e que não precisava dele. E foi, além disso, uma expressão perfeitamente idiomática a que foi usada, não uma que um homem que soubesse apenas umas poucas palavras de francês teria escolhido: "*Ce n'est rien. Je me suis trompé*".

– É verdade – gritou Constantine animadamente. – Deveríamos ter percebido isso! Lembro da ênfase que colocou nas palavras quando as repetiu para nós. Agora entendo sua relutância em confiar na prova do relógio amassado. Pois, à 0h37, Ratchett já estava morto...

– E foi o assassino quem falou! – completou monsieur Bouc, impressionado.

Poirot ergueu a mão em um gesto depreciativo.

– Não vamos nos apressar. E não vamos presumir além do que na verdade sabemos. É seguro, penso eu, afirmar que naquela hora, à 0h37, *alguma outra pessoa* estava na cabine de Ratchett e que essa pessoa ou era francesa ou sabia falar a língua francesa com fluência.

– É muito cauteloso, *mon vieux*.

– Deve-se avançar um passo por vez. Não temos nenhuma *prova* factual de que Ratchett estava morto naquela hora.

– Há o grito que acordou você?

– Sim, é verdade.

– Sob certo aspecto – disse monsieur Bouc pensativo –, a revelação não afeta muito as coisas. Você ouviu alguém se mexendo na porta ao lado. Esse alguém não era Ratchett, mas o outro homem. Sem dúvida, estava lavando o sangue das mãos, limpando a cena do crime, queimando a carta que o incriminava. Então espera até que tudo fique em silêncio e, quando acha que a costa está limpa, tranca e passa a corrente na porta de Ratchett por dentro, destranca a porta divisória que dá para a cabine da sra. Hubbard e foge por ali. De fato, é exatamente como pensamos, *com a diferença de que Ratchett foi morto uma meia hora mais cedo*, e o relógio posto para a 1h15 para criar um álibi.

– Não é um álibi tão bom assim – disse Poirot. – Os ponteiros do relógio apontavam para 1h15; a hora exata em que o intruso saiu de fato da cena do crime.

– Verdade – disse monsieur Bouc, um pouco confuso. – O que então o relógio nos diz?

– Se os ponteiros foram alterados, repito, *se*, então, a hora para a qual foram postos *deve* ter algum significado. A reação natural seria de suspeitar de qualquer um que tivera um álibi confiável para o horário indicado, neste caso, 1h15.

– Sim, sim – foi dizendo o doutor. – Esse raciocínio é bom.

– Devemos também dar um pouco de atenção à hora em que o intruso *entrou* na cabine. Quando foi que teve a oportunidade de fazer isso? A menos que devamos presumir a cumplicidade do verdadeiro condutor, havia apenas um momento no qual poderia tê-lo feito: durante o tempo em que o trem ficou parado em Vincovci. Depois que o trem partiu de Vincovci, o condutor estava sentado de frente para o corredor e, ao passo que qualquer um dos passageiros teria dado pouca atenção a um atendente da Wagon Lit, a *única* pessoa que perceberia um impostor seria o verdadeiro condutor. Porém, durante a parada em Vincovci, o condutor está lá fora na plataforma. O caminho está livre.

– E, segundo nosso raciocínio anterior, *deve* ser um dos passageiros – disse monsieur Bouc. – Voltamos ao ponto onde estávamos. Qual deles?

Poirot sorriu.

– Fiz uma lista – disse. – Se desejarem dar uma olhada, vai talvez lhes refrescar a memória.

O doutor e monsieur Bouc meditaram juntos sobre a lista. Estava escrita de maneira organizada e metódica na ordem em que os passageiros foram entrevistados.

Hector MacQueen – cidadão americano. Leito nº 6. Segunda classe.

Motivo: possivelmente advindo da associação com o morto?

Álibi: da meia-noite às duas da manhã (meia-noite à 1h30, atestados pelo coronel Arbuthnot, e 1h15 até 2h, atestados pelo condutor).

Provas contra ele: nenhuma.

Circunstâncias suspeitas: nenhuma.

Condutor – Pierre Michel – cidadão francês.

Motivo: nenhum.

Álibi: da meia-noite às 2h (visto por H.P. no corredor ao mesmo tempo em que a voz falou da cabine de Ratchett à 0h37. Da 1h às 1h16, confirmado por outros dois condutores).

Provas contra ele: nenhuma.

Circunstâncias suspeitas: o uniforme da Wagon Lit encontrado é um ponto a seu favor, já que parece ter tido a intenção de lançar a suspeita sobre ele.

Edward Masterman – cidadão inglês. Leito nº 4. Segunda classe.

Motivo: possivelmente advindo de conexão com o morto, de quem era criado.

Álibi: da meia-noite às 2h (confirmado por Antonio Foscarelli).

Provas contra ele ou circunstâncias suspeitas: nenhuma, exceto que é o único homem com a altura e o tamanho certo para ter vestido o uniforme da Wagon Lit. Por outro lado, é improvável que fale bem o francês.

Sra. Hubbard – cidadã americana. Leito nº 3. Primeira classe.

Motivo: nenhum.

Álibi: da meia-noite às 2h – nenhum.

Provas contra ela ou circunstâncias suspeitas: história do homem em sua cabine é substanciada pelo depoimento de Hardman e o de Hildegarde Schmidt.

Greta Ohlsson – cidadã sueca. Leito nº 10. Segunda classe.

Motivo: nenhum.

Álibi: da meia-noite às 2h (confirmado por Mary Debenham). Obs: foi a última a ver Ratchett vivo.

Princesa Dragomiroff – naturalizada cidadã francesa. Leito nº 14. Primeira classe.

Motivo: era intimamente ligada à família Armstrong, sendo madrinha de Sonia Armstrong.

Álibi: da meia-noite às 2h (confirmado pelo condutor e pela criada).

Provas contra ela ou circunstâncias suspeitas: nenhuma.

Conde Andrenyi – cidadão húngaro. Passaporte diplomático. Leito nº 13. Primeira classe.

Motivo: nenhum.

Álibi: da meia-noite às 2h (confirmado pelo condutor, o que não cobre o período da 1h à 1h15).

Condessa Andrenyi – conforme acima. Leito nº 12.

Motivo: nenhum.

Álibi: da meia-noite às 2h. Tomou trional e dormiu (confirmado pelo marido. Vidro de trional no armário dela).

Coronel Arbuthnot – cidadão britânico. Leito nº 15. Primeira classe.

Motivo: nenhum.

Álibi: da meia-noite às 2h. Conversou com MacQueen até 1h30. Foi para a sua cabine e não saiu mais (confirmado por MacQueen e pelo condutor).

Provas contra ele ou circunstâncias suspeitas: limpador de cachimbo.

Cyrus Hardman – cidadão americano. Leito nº 16. Segunda classe.

Motivo: nenhum conhecido.

Álibi: da meia-noite às 2h. Não saiu da cabine (confirmado por MacQueen e pelo condutor).

Provas contra ele ou circunstâncias suspeitas: nenhuma.

Antonio Foscarelli – cidadão americano (italiano de nascimento). Leito nº 5. Segunda classe.

Motivo: nenhum conhecido.

Álibi: da meia-noite às 2h (confirmado por Edward Masterman).

Provas contra ele ou circunstâncias suspeitas: nenhuma, exceto que a arma usada é conhecida por se adequar a seu comportamento (vide monsieur Bouc).

Mary Debenham – cidadã britânica. Leito nº 11.
Segunda classe.

Motivo: nenhum.

Álibi: da meia-noite às 2h (confirmado por Greta Ohlsson).

Provas contra ela ou circunstâncias suspeitas: conversa ouvida por H.P. e a recusa em explicá-la.

Hildegarde Schmidt – cidadã alemã. Leito nº 8.
Segunda classe.

Motivo: nenhum.

Álibi: da meia-noite às 2h (confirmado pelo condutor e por sua patroa). Foi deitar-se. Foi acordada pelo condutor aproximadamente à 0h38 e foi até a patroa.

Obs. O depoimento dado pelos passageiros é confirmado pela declaração do condutor de que ninguém entrou ou saiu da cabine do sr. Ratchett entre meia-noite e uma da manhã (quando ele próprio foi para o vagão seguinte) e da 1h15 às duas.

– Esse documento, vocês compreendem – explicou Poirot –, é um mero resumo dos depoimentos que ouvimos, organizado para nossa conveniência.

Com uma careta, monsieur Bouc entregou de volta.

– Não é esclarecedor – disse.

– Talvez considere este aqui mais a seu gosto – disse Poirot com um leve sorriso ao entregar-lhe uma segunda folha de papel.

Capítulo 2

As dez perguntas

No papel estava escrito:

Coisas que precisam de explicação.

1. O lenço marcado com a inicial H. De quem é?
2. O limpador de cachimbo. Foi derrubado pelo coronel Arbuthnot? Ou por outra pessoa?
3. Quem vestia o quimono escarlate?
4. Quem era o homem ou a mulher disfarçado com o uniforme da Wagon Lit?
5. Por que os ponteiros do relógio apontam para 1h15?
6. O crime foi cometido àquela hora?
7. Foi cometido mais cedo?
8. Foi cometido mais tarde?
9. Podemos ter certeza de que Ratchett foi esfaqueado por mais de uma pessoa?
10. Que outra explicação pode haver para seus ferimentos?

– Bem, vejamos o que podemos fazer – disse monsieur Bouc, reavivando-se um pouco por esse desafio à sua inteligência. – O lenço, para começar. Sejamos de todo modo ordenados e metódicos.

– Com certeza – concordou Poirot, balançando o queixo com ar satisfeito.

Monsieur Bouc continuou de maneira um tanto didática.

– A inicial H está conectada a três pessoas: a sra. Hubbard, a srta. Debenham, cujo nome do meio é Hermione, e a criada Hildegarde Schmidt.

– Ah! E dentre essas três?

– É difícil dizer. Mas *acho* que votaria na srta. Debenham. Por tudo o que se sabe, pode ser conhecida pelo segundo nome e não pelo primeiro. Também já temos algumas suspeitas ligadas a ela. Aquela conversa que escutou, *mon cher*, foi com certeza um pouco curiosa, e também a recusa em explicá-la.

– Quanto a mim, voto na americana – disse o dr. Constantine. – Esse é um lenço bastante caro, e os americanos, como o mundo inteiro sabe, não se importam com o preço que pagam.

– Então ambos eliminam a criada? – perguntou Poirot.

– Sim. Como ela própria disse, é um lenço de um membro das classes mais abastadas.

– E a segunda pergunta, o limpador de cachimbo. Foi o coronel Arbuthnot quem perdeu ou outra pessoa?

– Essa é mais difícil. Os ingleses, eles não apunhalam. Tem razão nisso. Minha tendência é enxergar como outra pessoa deixando cair o limpador para incriminar o inglês de pernas compridas.

– Como já disse, monsieur Poirot – interpôs o doutor –, *duas* pistas é descuido demais. Concordo com o monsieur Bouc. O lenço foi um descuido genuíno; logo, ninguém quer admitir que é seu. O limpador de cachimbo é uma pista falsa. Para apoiar essa teoria, reparem que o coronel Arbuthnot não demonstra nenhum embaraço e admite livremente que fuma cachimbo e usa esse tipo de limpador.

– Está raciocinando bem – disse Poirot.

– Pergunta número 3: quem vestia o quimono escarlate? – prosseguiu monsieur Bouc. – Quanto a isso, confesso, não faço a mínima ideia. Tem alguma opinião, dr. Constantine?

– Nenhuma.

– Então nos confessamos derrotados nesse ponto. A próxima pergunta oferece, de qualquer forma, possibilidades. Quem era o homem ou a mulher disfarçado com o uniforme da Wagon Lit? Bem, pode-se dizer com certeza várias pessoas que *não* poderiam ter sido. Hardman, coronel Arbuthnot, Foscarelli, conde Andrenyi e Hector MacQueen são todos altos demais. A sra. Hubbard, Hildegarde Schmidt e Greta Ohlsson são largas demais. Isso nos deixa com o criado, srta. Debenham, princesa Dragomiroff e condessa Andrenyi, e nenhuma delas soa provável! Greta Ohlsson em um dos casos, e Antonio Foscarelli, de outro, ambos juram que a srta. Debenham e o criado jamais deixaram suas cabines; Hildegarde Schmidt jura que a princesa estava no dela, e conde Andrenyi nos disse que a esposa tomou um remédio para dormir. Logo, parece impossível que seja qualquer um, o que é absurdo!

– Como dizia nosso velho amigo Euclides – murmurou Poirot.

– Tem de ser um dos quatro – falou Constantine. – A menos que seja alguém de fora que tenha encontrado um esconderijo, e isso, todos concordamos, é impossível.

Monsieur Bouc passou para a pergunta seguinte da lista.

– Número 5: por que os ponteiros do relógio quebrado apontam para 1h15? Vejo duas explicações para isso. Ou foi feito pelo assassino para estabelecer um álibi e mais tarde foi impedido de deixar a cabine quando tivera intenção de sair por escutar as pessoas se movimentando, ou então... espere... tenho uma ideia chegando...

Os outros dois esperaram respeitosamente enquanto monsieur Bouc lutava em agonia mental.

– Já sei – disse por fim. – Não *foi* o assassino vestido de Wagon Lit que mexeu no relógio! Foi a pessoa que chamamos de o segundo assassino, o canhoto, em outras palavras, a mulher no quimono escarlate. Ela chega mais tarde e atrasa os ponteiros do relógio para criar um álibi para si.

– Bravo! – disse o dr. Constantine. – Muito bem pensado.

– De fato – disse Poirot –, ela o apunhalou no escuro, sem perceber que já estava morto, mas, de algum jeito, deduziu que havia um relógio no bolso do pijama, tirou-o, atrasou os ponteiros sem enxergar nada e forçou o devido amassado.

Monsieur Bouc olhou para ele friamente.

– Não tem nada melhor para sugerir? – perguntou.

– No momento, não – admitiu Poirot.

– Mesmo assim – continuou –, não acho que nenhum dos dois percebeu o ponto mais interessante sobre aquele relógio.

– A pergunta número 6 toca no assunto? – perguntou o doutor. – Para essa pergunta, se o assassinato foi cometido naquela hora, 1h15, respondo que "não".

– Concordo – disse monsieur Bouc. – "Foi mais cedo", é a próxima. Digo que sim. O senhor também, doutor?

O doutor assentiu.

– Sim, mas a pergunta "Foi mais tarde?" também pode ser respondida na afirmativa. Concordo com a sua teoria, monsieur Bouc, e creio que também concorde, monsieur Poirot, embora não queira se comprometer. O primeiro assassino chegou antes da 1h15, o segundo assassino chegou *depois* da 1h15. E com relação à questão do canhotismo, será que não deveríamos tomar medidas para nos certificarmos de quais passageiros são canhotos?

– Não estou negligenciando esse ponto por completo – afirmou Poirot. – Devem ter reparado que fiz cada passageiro escrever ou sua assinatura ou um endereço. Isso não é conclusivo, porque algumas pessoas executam certas ações com a mão direita e outras com a esquerda. Alguns são destros para escrever, mas canhotos para jogar golfe. Ainda assim, já é alguma coisa. Cada um dos interrogados segurou a caneta com a mão direita, com a exceção da princesa Dragomiroff, que se recusou a escrever.

– A princesa Dragomiroff, impossível – exclamou monsieur Bouc.

– Duvido que tivesse força para dar aquela estocada específica de canhota – declarou o dr. Constantine um tanto hesitante. – Aquele ferimento em particular foi infligido com uma força considerável.

– Mais força do que uma mulher seria capaz?

– Não, não diria isso. Mas acho que mais força do que uma idosa poderia demonstrar, e o estado físico da princesa Dragomiroff é especialmente frágil.

– Pode ser uma questão da influência da mente sobre o corpo – disse Poirot. – A princesa Dragomiroff tem uma personalidade forte e uma imensa força de vontade. Mas vamos pular esse ponto para o momento.

– Vamos às questões 9 e 10. Podemos ter certeza de que Ratchett foi esfaqueado por mais de uma pessoa? E que outra explicação pode haver para os ferimentos? Na minha opinião, falando em termos médicos, não pode haver *nenhuma* outra explicação para aquelas estocadas. Sugerir que um homem atacou primeiro debilmente e depois com violência, primeiro com a mão direita e depois com a esquerda e, após um intervalo de quem sabe meia hora, infligiu novos ferimentos em um corpo já morto; bem, isso não faz sentido.

– Não – concordou Poirot. – Não faz sentido. E acha que dois assassinos faz sentido?

– Como você mesmo já disse, que outra explicação pode haver?

Poirot fitou o espaço vazio à sua frente.

– É isso que me pergunto – disse. – É o que não paro de me perguntar.

Recostou-se no assento.

– De agora em diante, está tudo aqui – tocou sua testa. – Já esmiuçamos tudo. Os fatos estão todos diante de nós, bem organizados, com ordem e método. Os passageiros sentaram-se aqui, um por um, dando seus depoimentos. Sabemos tudo o que é possível saber... *vindo de fora...*

Deu um sorriso afetuoso para monsieur Bouc.

– Vem se tornando uma piada particular entre nós, não é mesmo, essa história de sentarmos para *pensar* até descobrir a verdade? Estou prestes a pôr minha teoria em prática, bem diante de seus olhos. Vocês dois devem fazer o mesmo. Vamos os três fechar os olhos e *pensar...*

– Um ou mais desses passageiros matou Ratchett. *Qual deles?*

Capítulo 3

Certos pontos sugestivos

Passou quase quinze minutos antes de alguém abrir a boca.

Monsieur Bouc e dr. Constantine começaram tentando obedecer às instruções de Poirot. Esforçaram-se para enxergar além do labirinto de detalhes conflitantes para chegar a uma solução clara e evidente.

Os pensamentos de monsieur Bouc seguiram mais ou menos nesses termos:

"Com certeza, devo pensar. Mas, pensando bem, já refleti antes... Poirot obviamente acha que essa moça inglesa está envolvida no assunto. Não consigo evitar pressentir que isso é muito improvável... Os ingleses são de uma frieza extrema. É provável que seja por serem tão magros... Mas isso não vem ao caso. Parece que não pode ter sido o italiano, uma pena. Suponho que o criado inglês não estivesse mentindo quando disse que o outro nunca saiu da cabine? Mas por que mentiria? Não é fácil subornar os ingleses, são tão inacessíveis. A coisa toda é muito infeliz. Fico me perguntando quando vamos sair daqui. Deve haver algum trabalho de resgate acontecendo. São tão devagar nesses países... passam horas e horas até que alguém pense em tomar uma atitude. E os policiais desses países, vai ser de uma dificuldade enorme lidar com eles, são inflados de importância, cheios de melindres com a própria dignidade. Vão fazer um estardalhaço com tudo isso. Não é sempre que uma oportunidade assim lhes aparece na frente... Vai estar em todos os jornais..."

E dali em diante, os pensamentos de monsieur Bouc seguiram um percurso bem marcado, pelo qual já haviam passado uma centena de vezes.

Os pensamentos do dr. Constantine correram assim:

"Ele é esquisito, esse homenzinho. Será um gênio? Ou será estrambótico? Vai conseguir resolver este mistério? Impossível. Não vejo saída. É tudo muito confuso... Todo mundo está mentindo, talvez... Mas, mesmo que fosse assim, isso não ajuda ninguém. Se estão todos mentindo, é tão confuso como se estivessem todos falando a verdade. Estranho isso dos ferimentos. Não consigo entender... Seria mais fácil entender se ele tivesse sido morto com um tiro; afinal de contas, o termo atirador deve indicar quem atira com um revólver. Um país curioso, a América. Gostaria de visitá-lo. É tão avançado. Quando voltar para casa, vou entrar em contato com Demetrius Zagone, ele já esteve na América, tem todas as ideias mais modernas... Fico pensando no que Zia está fazendo neste momento. Se minha mulher fica sabendo..."

E seus pensamentos seguiram para assuntos inteiramente privados.

Hercule Poirot ficou sentado sem se mover.

Até se poderia pensar que estivesse adormecido.

E então, de repente, depois de quinze minutos em completa imobilidade, suas sobrancelhas começaram a se levantar devagar na testa dele. Um pequeno suspiro escapou-lhe. Murmurou bem baixinho:

– Mas, afinal de contas, por que não? E, se for assim, ora, se for assim, isso explicaria tudo.

Seus olhos se abriram. Estavam verdes como os de um gato. Falou com suavidade:

– *Eh bien.* Eu pensei. E vocês?

Imersos em suas reflexões, ambos levaram um forte susto.

– Também pensei – disse monsieur Bouc com um toque de culpa. – Mas não cheguei a nenhuma conclusão. A elucidação do crime é o seu métier, não o meu, meu amigo.

– Eu também refleti com bastante afinco – disse o doutor, desavergonhado, procurando seus pensamentos dentre certos detalhes pornográficos. – Pensei em muitas teorias possíveis, mas nenhuma que de fato me satisfaça.

Poirot assentiu de modo simpático. O gesto parecia indicar: "Exato. É a coisa certa a se dizer. Vocês me deram a deixa que eu precisava".

Sentou-se muito ereto, estufou o peito, acariciou o bigode e falou com a postura de um palestrante experiente dirigindo-se a uma audiência pública.

– Meus amigos, revisei os fatos em minha mente e também repassei para mim mesmo os testemunhos dos passageiros... com o seguinte resultado. Enxergo, ainda de maneira nebulosa, certa explicação que abarcaria os fatos tais como os conhecemos. É uma explicação muito curiosa, e não posso ter certeza ainda se é a verdadeira. Para descobrir em definitivo, precisarei conduzir certos experimentos.

"Primeiro, gostaria de mencionar certos pontos que me parecem sugestivos. Comecemos com um comentário feito a mim por monsieur Bouc neste mesmo local na ocasião de nosso primeiro almoço juntos no trem. Ele comentou o fato de que estávamos cercados de pessoas de todas as classes, de todas as idades, de todas as nacionalidades. Este é um fato um tanto raro nesta época do ano. Os vagões Atenas–Paris e o Bucareste–Paris, por exemplo, estão quase vazios. Lembrem-se também de um passageiro que acabou não aparecendo. Isso é, creio eu, significativo. Então, temos alguns pontos menores que me soam como sugestivos, por exemplo, a posição da nécessaire da sra. Hubbard, o nome da mãe da sra. Armstrong, os métodos investigativos de monsieur Hardman, a sugestão do monsieur MacQueen de que o próprio Ratchett teria destruído o bilhete carbonizado que encontramos, o nome de batismo da princesa Dragomiroff e uma mancha de gordura em um passaporte húngaro."

Os dois homens o fitavam.

– Eles lhe sugerem alguma coisa, esses pontos? – perguntou Poirot.

– Nada mesmo – disse monsieur Bouc com franqueza.

– E *monsieur le docteur*?

– Não faço ideia do que está falando.

Monsieur Bouc, enquanto isso, aproveitando-se da única coisa tangível que seu amigo mencionara, estava remexendo nos passaportes. Com um grunhido, pegou o do conde e da condessa Andrenyi e abriu.

– É disso que está falando? A marca de sujeira?

– Sim. É uma mancha de gordura bastante fresca. Percebe onde está localizada?

– No começo da descrição referente à esposa do conde, no nome próprio dela, para ser exato. Mas confesso que ainda não vejo o sentido.

– Vou tentar por outro ângulo. Voltemos ao lenço encontrado na cena do crime. Como já declaramos não faz muito tempo, três pessoas estão associadas à letra H. A sra. Hubbard, a srta. Debenham e a criada, Hildegarde Schmidt. Agora, vamos analisar esse lenço sob outro ponto de vista. Ele é, meus amigos, um lenço extremamente caro, um *objet de luxe*, feito à mão, bordado em Paris. Quais passageiras, sem considerarmos a inicial, seriam passíveis de possuir um lenço desses? Não a sra. Hubbard, uma mulher valorosa sem pretensões de extravagâncias irresponsáveis ao se vestir. Não a srta. Debenham, esse tipo de inglesa tem um lenço de linho singelo, e não algo caro, de cambraia, custando quem sabe duzentos francos. E certamente não a criada. Mas *existem* duas mulheres no trem que poderiam possuir tal lenço. Vejamos se podemos ligá-las de alguma forma com a letra H. As duas mulheres a quem me refiro são a princesa Dragomiroff...

– Cujo nome de batismo é Natalia – intrometeu-se monsieur Bouc, com ar irônico.

– Exato. E seu nome de batismo, como eu disse ainda agora, é decididamente sugestivo. A outra mulher é a condessa Andrenyi. E logo algo chama a nossa atenção...

– *A sua!*

– *A minha*, então. O nome dela de batismo no passaporte está desfigurado por um borrão de graxa. Apenas um acidente, qualquer um diria. Mas considerem esse nome. Elena. Suponhamos que em vez de Elena, fosse Helena. Aquele H maiúsculo poder ser transformado em um E maiúsculo e então passar por cima do pequeno "e" junto dele com bastante facilidade, e então uma mancha de graxa largada para encobrir a alteração.

– Helena – gritou monsieur Bouc. – Essa é uma ideia.

– Certamente é uma ideia! Busco alguma confirmação, mesmo que muito pequena, de minha ideia e a encontro. Uma das etiquetas na bagagem da condessa está levemente úmida. É uma que casualmente passa por cima da primeira inicial do topo da mala. Aquela etiqueta foi encharcada e recolocada em um lugar diferente.

– Está começando a me convencer – disse monsieur Bouc –, mas a condessa Andrenyi, seguramente...

– Ah, agora, *mon vieux*, precisa dar meia-volta e analisar o caso por um ângulo muito diferente. Como foi que este assassinato se pretendia passar para todo mundo? Não esqueça que a neve atrapalhou todo o plano original do assassino. Vamos imaginar, por um minuto, que não houvesse neve, que o trem tivesse prosseguido com seu percurso normal. O que, então, teria acontecido?

– O assassinato, digamos, ainda teria sido descoberto com toda probabilidade na fronteira italiana cedo pela manhã. Muitos dos mesmos depoimentos teriam sido dados à polícia italiana. As cartas ameaçadoras teriam sido entregues pelo sr. MacQueen, o sr. Hardman teria contado sua história, a sra. Hubbard estaria ansiosa para contar que um homem passara pela cabine dela, o botão teria sido encontrado. Imagino que apenas duas coisas teriam sido diferentes. O homem teria passado pela cabine da sra. Hubbard logo antes da uma hora; e o uniforme da Wagon Lit teria sido encontrado abandonado em um dos banheiros.

– Está dizendo?

– Quero dizer que o assassinato foi *planejado para parecer um trabalho externo*. Supor-se-ia que o assassino teria deixado o trem em Brod, onde o trem estava marcado para chegar à 0h58. Alguém provavelmente teria passado pelo estranho condutor da Wagon Lit no corredor. O uniforme teria sido deixado em um local visível para mostrar claramente como o truque fora executado. Nenhuma suspeita recairia sobre os passageiros. Isso, meus amigos, era como o caso havia sido planejado para parecer ao mundo lá fora.

"Mas o acidente com o trem muda tudo. Sem dúvida, temos aqui o motivo pelo qual o homem permaneceu na cabine tanto tempo com sua vítima. Estava esperando que o trem seguisse viagem. Mas, por fim, entendeu que *o trem não seguiria viagem*. Planos diferentes precisariam ser arquitetados. Agora se *saberia* que o assassino continuava no trem."

– Sim, sim – foi dizendo monsieur Bouc, impaciente. – Entendo tudo isso. Mas onde entra o lenço?

– Estou retornando ao assunto por uma rota um pouco irregular. Para começar, precisam perceber que as cartas ameaçadoras são da natureza de um engodo. Podem ter sido retiradas *ipsis litteris* de um romance policial americano mal-escrito. Não são *reais*. São, de fato, direcionadas apenas para a polícia. O que temos de nos perguntar é: "Será que elas enganaram a Ratchett?". Pelo visto, a resposta parece ser "não". As instruções dele para Hardman pareciam apontar para um inimigo "privado" bem-definido, de cuja identidade ele estava bastante ciente. Isso é, se aceitarmos a história de Hardman como verdadeira. Mas Ratchett com certeza recebeu *uma* carta de caráter muito diferente, a que continha a referência ao bebê Armstrong, um fragmento da qual encontramos na cabine dele. Caso Ratchett não tivesse compreendido antes, aquilo garantiria que ele entendesse o motivo das ameaças contra a sua vida. *Aquela* carta, conforme venho salientando o tempo todo, não era para ser descoberta. A primeira providência do assassino foi destruí-la. Isso, portanto, foi o segundo percalço no plano dele. O primeiro foi a neve; o segundo foi a nossa reconstrução daquele fragmento.

"O bilhete destruído com tanto cuidado só pode significar uma coisa. *Deve haver no trem alguém tão intimamente ligado à família Armstrong que a descoberta daquele bilhete lançaria as suspeitas diretamente sobre essa pessoa.*

"Agora chegamos às outras duas pistas que encontramos. Vou deixar de lado o limpador de cachimbo. Já falamos bastante sobre ele. Passemos ao lenço. Visto da maneira mais simplista, é uma pista que incrimina alguém cuja inicial seja H, e foi esquecida ali, sem querer, por aquela pessoa."

– Exato – disse dr. Constantine. – Ela descobre que deixou cair o lenço e, de imediato, toma as medidas para disfarçar seu nome de batismo.

– Está indo depressa demais. Assim chega à conclusão muito mais rápido do que eu me permitiria.

– Existe alternativa?

– Certamente que há. Suponha, por exemplo, que você tenha cometido um crime e queira lançar as suspeitas do caso sobre outra pessoa. Bem, há aqui no trem certa pessoa com uma ligação íntima com a família Armstrong, uma mulher. Suponha, então, que deixasse lá um lenço que pertencesse àquela mulher. Ela será questionada, sua relação com a família Armstrong será revelada, *et voilà*. Temos o motivo *e* uma pista que a incrimina.

– Mas em tal caso – o doutor contestou –, a pessoa indicada, sendo inocente, não tomaria o cuidado de encobrir sua identidade.

– Ah, de fato? É assim que o senhor pensa? Essa é na verdade a mesma opinião da corte policial. Porém conheço a natureza humana, meu amigo, e lhe digo que, de repente confrontada com a possibilidade de ser julgada por assassinato, mesmo a pessoa mais inocente vai perder a cabeça e fazer as coisas mais absurdas. Não, não, a mancha de graxa e a etiqueta alterada não provam a culpa; apenas comprovam que a condessa Andrenyi está ansiosa para esconder sua identidade por algum motivo.

– Qual pensa ser sua ligação com a família Armstrong? Nunca esteve na América, ela diz.

– Exato, e fala mal o inglês e tem uma aparência bastante estrangeira, a qual ela enfatiza. Mas não seria difícil adivinhar quem ela é. Mencionei agora mesmo o nome da mãe da srta. Armstrong. Chamava-se Linda Arden, e era uma atriz muito conhecida, entre outras coisas, uma atriz especializada em Shakespeare. Pensem em *Como gostais*, com a Floresta de Arden e Rosalinda. Foi lá que ela buscou a inspiração para seu nome artístico. Linda Arden, o nome pelo qual ficou conhecida no mundo todo, não era o seu nome verdadeiro. Pode ter sido Goldenberg, muito provavelmente tinha sangue da Europa central nas veias, um traço de judaísmo, quem sabe. Muitas nacionalidades vão parar na América. Eu lhes sugiro, cavalheiros, que a irmã mais jovem da sra. Armstrong, que não passava de uma criança na época da tragédia, era Helena Goldenberg, a filha mais jovem de Linda Arden, e que ela se casou com o conde Andrenyi quando este era adido em Washington.

– Mas a princesa Dragomiroff disse que ela se casou com um inglês.

– Cujo nome ela não consegue se lembrar! Eu lhes pergunto, caros amigos: isso é de fato possível? A princesa Dragomiroff adorava Linda Arden, como as grandes damas adoram os grandes artistas. Era madrinha de uma de suas filhas. Esqueceria tão rapidamente o nome de casada da outra? Não parece provável. Não, acho que podemos afirmar com segurança que a princesa Dragomiroff estava mentindo. Sabia que Helena estava no trem, ela a havia visto. Percebeu logo, assim que soube quem Ratchett de fato era, que Helena seria suspeita. E então, quando a questionamos sobre a irmã, ela logo mente, não se lembra, fica vaga, mas "acha que Helena se casou com um inglês", uma sugestão o mais distante possível da verdade.

Um dos atendentes do restaurante passou pela porta dos fundos e se aproximou deles. Dirigiu-se a monsieur Bouc.

– O jantar, monsieur, devo servi-lo? Está pronto faz algum tempo.

Monsieur Bouc olhou para Poirot. Este último assentiu.

– Sem dúvida, vamos servir o jantar.

O atendente desapareceu pelas portas da outra ponta. Era possível ouvir a sineta dele e sua voz soando alto:

– *Premier service. Le dîner est servi. Premier dîner...* Primeiro serviço.

Capítulo 4

A mancha de gordura em um passaporte húngaro

Poirot dividiu a mesa com monsieur Bouc e o médico.

O grupo que se reuniu no vagão-restaurante estava bastante desanimado. Falavam pouco. Até a loquaz sra. Hubbard estava em um silêncio fora do comum. Murmurou ao sentar-se:

– Não sinto que tenha coragem de comer nada – mas então se serviu de tudo o que lhe foi oferecido, encorajada pela sueca, que parecia encarregar-se dela como uma incumbência especial.

Antes de servirem a refeição, Poirot pegara o atendente chefe pela manga e murmurara algo para ele. Constantine tinha um belo palpite de quais teriam sido as instruções ao notar que o conde e a condessa Andrenyi eram sempre servidos por último, e, ao fim da refeição, houve um atraso ao prepararem a conta deles. Portanto, sucedeu-se que o conde e a condessa eram os últimos passageiros no vagão-restaurante.

Quando por fim se levantaram e se dirigiram à porta, Poirot deu um salto e os seguiu.

– Perdão, madame, a senhora deixou cair seu lenço.

Ele lhe estendeu o pequeníssimo quadradinho monogramado.

Ela o pegou, olhou e então devolveu.

– Está enganado, monsieur, esse não é o meu lenço.

– Não é seu lenço? Tem certeza?

– Perfeitamente, monsieur.

– E, no entanto, madame, tem sua inicial, a inicial H.

O conde fez um movimento súbito. Poirot o ignorou. Seus olhos estavam fixos no rosto da condessa.

Olhando firme para ele, ela respondeu:

– Não compreendo, monsieur. Minhas iniciais são E.A.

– Penso que não. Seu nome é Helena, não Elena. Helena Goldenberg, a filha mais nova de Linda Arden... Helena Goldenberg, a irmã da sra. Armstrong.

Fez-se um silêncio mortal por alguns minutos. O conde e a condessa empalideceram mortalmente. Poirot disse em um tom mais suave:

– Não adianta negar. É a verdade, não é?

O conde explodiu furioso:

– Exijo, monsieur, com que direito o senhor...

Ela o interrompeu, pondo a pequena mão diante da boca do marido.

– Não, Rudolph. Deixe que eu falo. Não adianta negar o que este cavalheiro está dizendo. Seria melhor sentarmos e resolvermos o assunto.

A voz dela mudara. Ainda tinha a riqueza do timbre sulista, mas tornara-se de repente mais clara e incisiva. Era, pela primeira vez, uma voz definitivamente americana.

O conde foi silenciado. Obedeceu ao gesto da mão dela; os dois sentaram-se diante de Poirot.

– Sua alegação, monsieur, é pura verdade – disse a condessa. – Sou Helena Goldenberg, a irmã mais nova da sra. Armstrong.

– Não me deu a conhecer este fato esta manhã, *madame la comtesse.*

– Não.

– De fato, tudo o que a senhora e seu marido me contaram foi uma tessitura de mentiras.

– Monsieur – exclamou o conde com raiva.

– Não se irrite, Rudolph. Monsieur Poirot apresenta o fato de maneira um tanto brutal, mas o que diz é inegável.

– Fico contente que admita o fato de forma tão espontânea, madame. Pode me revelar agora seus motivos para fazê-lo e também para alterar seu nome no passaporte.

– É tudo culpa minha – interrompeu o conde.

Helena disse baixinho:

– Com certeza, monsieur Poirot, pode adivinhar meus motivos, nossos motivos. Este homem que foi morto é o homem que assassinou minha sobrinha quando bebê, que matou minha irmã, que partiu o coração do meu cunhado. Três das pessoas a quem eu mais amava e formavam a minha família... meu mundo!

A voz dela ecoava apaixonada. Era uma descendente verdadeira daquela mãe, cuja força emocional ao interpretar levava as plateias às lágrimas.

Continuou, com voz mais calma:

– De todas as pessoas no trem, eu teria provavelmente o melhor motivo para matá-lo.

– E não o matou, madame?

– Juro para o senhor, monsieur Poirot, e meu marido sabe e vai jurar também... que por mais que estivesse tentada a fazer isso, jamais levantei um dedo contra aquele sujeito.

– Eu também, cavalheiros – declarou o conde. – Eu lhes dou minha palavra de honra que, na noite passada, Helena nunca deixou sua cabine. Tomou um preparado para dormir, exatamente como já contei. É absoluta e inteiramente inocente.

Poirot olhava de um para o outro.

– Dou minha palavra de honra – repetiu o conde.

Poirot balançou a cabeça.

– E, no entanto, tomou a providência de alterar o nome no passaporte?

– Monsieur Poirot – o conde falou com sinceridade e emoção. – Considere minhas circunstâncias. Acha que eu poderia suportar a ideia de minha esposa ser arrastada para um sórdido caso policial? Ela era inocente, eu sabia, mas o que ela disse é verdade; por sua ligação com a família Armstrong, teria de imediato se tornado suspeita. Teria sido questionada, presa, quem sabe. Já que uma sorte maligna havia nos colocado no mesmo trem que este homem Ratchett, só havia, tive certeza, uma coisa a fazer. Confesso, monsieur, que menti... em tudo, exceto em uma coisa. Minha esposa jamais saiu da cabine na noite passada.

Ele falou com uma sinceridade que era difícil de contestar.

– Não estou dizendo que não acredito no senhor – Poirot foi falando devagar. – Sua família é, sei bem, uma família antiga e orgulhosa. Seria uma amargura de fato para o senhor ter sua esposa arrastada para um caso policial desagradável. Posso compreender isso... mas como então explica a presença do lenço da sua esposa na cabine do homem morto?

– O lenço não é meu, monsieur – disse a condessa.

– Apesar da inicial H?

– Apesar da inicial. Tenho lenços que não são muito diferentes deste, mas nenhum tem exatamente o mesmo padrão. Sei, é claro, que não posso nutrir esperanças de que vá acreditar em mim, mas lhe asseguro que é isso mesmo. Esse lenço não é meu.

– Pode ter sido depositado lá por alguém a fim de incriminá-la?

Ela sorriu de leve.

– Está me tentando a admitir que, no fim das contas, é meu? Mas de fato, monsieur Poirot, não é.

Ela falou com muita seriedade.

– Então por que motivo, se o lenço não era seu, a senhora alterou o nome no passaporte?

Foi o conde quem respondeu.

– Porque ouvimos dizer que um lenço fora encontrado com a inicial H escrita nele. Conversamos sobre o assunto antes de sermos entrevistados. Assinalei para Helena que, se vissem que seu nome de batismo começava com a letra H, ela seria imediatamente submetida a interrogatórios mais rigorosos. E a coisa era tão simples: alterar de Helena para Elena era algo fácil de fazer.

– O senhor tem, *monsieur le comte*, os traços de um criminoso muito refinado – Poirot observou com secura. – Uma engenhosidade natural e uma determinação aparentemente sem remorsos para enganar a justiça.

– Oh, não, não – a moça inclinou-se para frente. – Monsieur Poirot, ele explicou como foi – ela passou do francês para o inglês. – Eu estava com medo, absolutamente morta de medo, entende. Foi tão terrível, quando tudo aconteceu, e agora ter o passado remexido de novo. De me tornar suspeita e talvez acabar jogada na prisão. Estava dura de medo, monsieur Poirot. Não consegue entender isso?

A voz dela era adorável, profunda, rica, suplicante, a voz da filha de Linda Arden, a atriz.

Poirot olhou para ela com rigor.

– Se é para eu acreditar na senhora, madame... e não estou dizendo que *não* vá acreditar, então preciso de sua ajuda.

– Ajuda?

– Sim. O motivo para o crime se encontra no passado... naquela tragédia que destruiu seu lar e entristeceu sua juventude. Mademoiselle, me conduza de volta ao passado para que eu possa encontrar lá a conexão que explica a história toda.

– O que pode haver para lhe contar? Estão todos mortos – ela repetiu de modo lúgubre: – Todos mortos... todos mortos... Robert, Sonia... a querida, querida Daisy. Ela era tão doce, tão feliz... tinha uns cachinhos adoráveis. Éramos todos apaixonados por ela.

– Houve outra vítima, madame. Uma vítima indireta, pode-se dizer.

– A pobre Susanne? Sim, havia me esquecido dela. Estavam convencidos de que ela tinha algo a ver com isso. Talvez tivesse, mas, se foi o caso, apenas de maneira inocente. Ela havia, creio, conversado à toa com alguém, dando informações sobre os horários das saídas de Daisy. A pobrezinha ficou tão nervosa... pensou que estavam responsabilizando-a – Helena teve um calafrio. – A moça se atirou da janela. Oh, foi horrível.

Enterrou o rosto nas mãos.

– De que nacionalidade ela era, madame?

– Era francesa.

– Qual era o sobrenome da moça?

– É absurdo, mas não consigo lembrar... todos a chamavam de Susanne. Uma moça bonita e risonha. Era devotada à Daisy.

– Era a babá dela, não?

– Sim.

– E quem era a ama?

– Era uma enfermeira com treinamento hospitalar. Stengelberg era o nome dela. Ela também era devotada à Daisy e à minha irmã.

– Agora, madame, quero que pense com cuidado antes de responder a esta pergunta. Desde que entrou no trem, viu alguém que reconhecesse?

Ela o fitou.

– Eu? Não, ninguém.

– E o que diz da princesa Dragomiroff?

– Ah, ela? Eu a conheço, é claro. Pensei que estava se referindo a alguém... alguém daquela... daquela época.

– Estava, madame. Agora pense com cuidado. Alguns anos se passaram, lembre-se disso. A pessoa pode ter mudado de aparência.

Helena ponderou profundamente. Então disse:

– Não, tenho certeza, não há ninguém.

– A senhora mesma era uma mocinha na época. Teve alguém que a supervisionasse nos estudos ou lhe atendesse?

– Ah, sim, tive um dragão... uma espécie de governanta para mim e secretária para Sonia. Era inglesa, ou melhor, escocesa... uma mulher grande, ruiva.

– Qual era o nome dela?

– Srta. Freebody.

– Nova ou velha?

– Parecia terrivelmente velha para mim. Suponho que não deveria ter mais de quarenta anos. Susanne, é claro, costumava cuidar das minhas roupas e de mim.

– E não havia outros moradores na casa?

– Apenas os criados.

– E tem certeza, certeza absoluta, madame, de que não reconheceu ninguém no trem?

Ela respondeu com franqueza:

– Ninguém, monsieur. Ninguém mesmo.

Capítulo 5

O nome de batismo da princesa Dragomiroff

Quando o conde e a condessa partiram, Poirot olhou para os outros dois.

– Estão vendo – disse –, estamos progredindo.

– Excelente trabalho – disse monsieur Bouc, sendo cordial. – Da minha parte, nunca sonharia em suspeitar do conde e da condessa Andrenyi. Confesso que os achava bastante *hors de combat.* Suponho que não haja dúvidas de que ela cometeu o crime? É muito triste. Ainda assim, não vão mandá-la para a guilhotina. Há circunstâncias atenuantes. Uns poucos anos de encarceramento... nada de mais.

– Está de fato bastante seguro da culpa dela.

– Meu caro amigo, com certeza não restam dúvidas? Achei que seu jeito tranquilizador fosse apenas para amenizar as coisas até que sejamos desencavados da neve e a polícia assuma o caso.

– Não acredita na assertiva positiva do conde, dando sua palavra de honra de que a mulher é inocente?

– *Mon cher*, naturalmente, o que *mais* ele poderia dizer? Tem adoração pela mulher. Quer salvá-la! Conta muito bem a mentira, no estilo dos grandes fidalgos, mas o que mais seria se não uma mentira?

– Bem, eu fiquei com a disparatada impressão de que poderia ser verdade.

– Não, não. Lembre-se do lenço. O lenço encerra o assunto.

– Oh, não tenho tanta certeza sobre o lenço. Eu sempre lhe disse que havia duas possibilidades para a dona do lenço.

– Mesmo assim...

Monsieur Bouc foi interrompido. A porta dos fundos se abriu, e a princesa Dragomiroff entrou no vagão-restaurante. Foi direto até eles, e os três se puseram de pé.

Dirigiu-se a Poirot, ignorando os outros.

– Acredito, monsieur – disse –, que tem um lenço que me pertence.

Poirot lançou um olhar de triunfo para os outros dois.

– É este, madame?

Apresentou o quadradinho de fina cambraia.

– O próprio. Tem minha inicial no canto.

– Mas, *madame la princesse*, essa é a letra H – disse monsieur Bouc. – Seu nome... me perdoe... é Natalia.

Ela lhe lançou um olhar gelado.

– Está correto, monsieur. Meus lenços sempre são marcados com as iniciais em caracteres russos. H é N em russo.

Monsieur Bouc ficou um pouco desconcertado. Havia algo naquela velha indomável que o deixava agitado e desconfortável.

– Não nos informou que este lenço lhe pertencia durante o inquérito desta manhã.

– O senhor não me perguntou – respondeu a princesa secamente.

– Por favor, sente-se, madame – pediu Poirot.

Ela suspirou.

– É o melhor que faço, suponho.

Sentou-se.

– Não precisam arrastar as coisas, messieurs. Sua próxima pergunta será: como o meu lenço foi parar ao lado do corpo de um homem assassinado? E minha resposta para isso é que não faço ideia.

– Não faz realmente ideia?

– A mínima.

– Vai me desculpar, madame, mas o quanto podemos confiar na sinceridade de suas respostas?

Poirot disse as palavras com muita suavidade. A princesa Dragomiroff respondeu com desprezo.

– Suponho que esteja dizendo isso por eu não ter lhes contado que Helena Andrenyi era a irmã da sra. Armstrong?

– Na verdade, a senhora nos mentiu de propósito nessa questão.

– Certamente. Faria o mesmo outra vez. A mãe dela era minha amiga. Acredito, messieurs, na lealdade... aos nossos amigos, à nossa família e à nossa casta.

– Não acredita em fazer o seu melhor para colaborar com os objetivos da justiça?

– Neste caso, considero que a justiça, a justiça mais pura, foi feita.

Poirot debruçou-se para frente.

– Compreende minha dificuldade, madame. Nesta questão do lenço, então, é para eu acreditar na senhora? Ou está protegendo a filha de sua amiga?

– Oh! Entendo o que quer dizer – o rosto dela se desfez em um sorriso austero. – Bem, messieurs, essa minha declaração pode ser facilmente comprovada. Vou lhes passar o endereço das pessoas em Paris que fabricam os meus lenços. Basta apresentar este em questão, e vão lhes informar que foi feito sob encomenda minha há mais de um ano atrás. O lenço é meu, messieurs.

Ela se levantou.

– Tem mais alguma coisa que desejam me perguntar?

– Sua camareira, madame, ela reconheceu o lenço quando lhes mostramos hoje pela manhã?

– Deve ter reconhecido. Ela viu e não disse nada? Ah, bem, isso mostra que ela também sabe ser leal.

Com uma leve inclinação de cabeça, saiu do vagão.

– Então era isso – murmurou Poirot baixinho. – Percebi certa hesitação quando perguntei à camareira se sabia a quem pertencia o lenço. Estava insegura se admitia ou não que era de sua patroa. Mas como é que isso se encaixa com aquela estranha ideia central que tive? Bem, pode ser que sim.

– Ah! – exclamou monsieur Bouc, com um gesto característico –, que velha terrível essa!

– Poderia ter matado Ratchett? – perguntou Poirot ao doutor.

Este meneou a cabeça.

– Os golpes, os que foram desferidos com grande força, penetrando no músculo... jamais, jamais alguém com um físico tão frágil conseguiria infligir aqueles.

– E os mais débeis?

– Os mais débeis, sim.

– Estou pensando – disse Poirot – no incidente desta manhã, quando eu disse para ela que sua força estava na vontade e não no braço. O comentário tinha a intenção de uma armadilha. Queria ver se baixaria os olhos para o seu braço direito ou esquerdo. Ela não o fez. Olhou para os dois. Mas deu uma resposta estranha. Disse: "Não, não tenho força nesses. Não sei se fico triste ou feliz". Um comentário curioso. Confirma o que acredito sobre o crime.

– Não resolve o ponto sobre ser canhota.

– Não. Aliás, repararam que o conde Andrenyi guarda o lenço no bolso direito do peito?

Monsieur Bouc balançou a cabeça. Sua mente voltou-se para as revelações surpreendentes da última meia hora. Murmurou:

– Mentiras... e mais mentiras... fico pasmo com a quantidade de mentiras que nos contaram esta manhã.

– Ainda há muitas mais a descobrir – disse Poirot animado.

– Acha mesmo?

– Ficaria muito desapontado se não fosse assim.

– Tal duplicidade é terrível – disse monsieur Bouc. – Mas parece lhe agradar – acrescentou com tom reprovador.

– Tem a seguinte vantagem – começou Poirot. – Se confrontado com a verdade, qualquer um que tenha mentido, em geral, confessa, com frequência por pura surpresa. É apenas necessário adivinhar *certo* para produzir esse efeito.

"Essa é a única forma de conduzir este caso. Seleciono um passageiro por vez, considero o depoimento e digo a mim mesmo: 'Se este ou aquele estão mentindo, em que ponto estão mentindo e qual o *motivo* para a mentira?'. E respondo, *caso* estejam mentindo, *caso*, marquem bem, se poderia ser apenas por tal motivo e em tal ponto. Fizemos isso uma vez, com muito sucesso, com a condessa Andrenyi. Vamos agora proceder e aplicar o mesmo método a várias outras pessoas."

– E supondo, meu amigo, que seu palpite esteja errado?

– Então, de qualquer forma, uma pessoa ficará totalmente livre de suspeitas.

– Ah! Um processo de eliminação.

– Exato.

– E quem abordaremos a seguir?

– Vamos abordar aquele *pukka sahib*, o coronel Arbuthnot.

Capítulo 6

Uma segunda entrevista com o coronel Arbuthnot

Era visível o incômodo do coronel Arbuthnot ao ser convocado ao vagão-restaurante para uma segunda entrevista. Seu rosto apresentava uma expressão das mais ameaçadoras quando ele sentou e disse:

– Pois bem?

– Minhas máximas desculpas por importuná-lo uma segunda vez – disse Poirot. – Mas há ainda algumas informações que acho que pode nos fornecer.

– Ah, é? Acho difícil.

– Para começar, vê este limpador de cachimbo?

– Sim.

– É um dos seus?

– Não sei. Não ponho neles nenhuma marca particular.

– Está ciente, coronel Arbuthnot, de que é o único homem dentre os passageiros do vagão Istambul–Calais que fuma cachimbo?

– Neste caso, é provavelmente um dos meus.

– Sabe onde foi encontrado?

– Não faço a menor ideia.

– Foi encontrado próximo ao corpo do homem assassinado.

O coronel Arbuthnot ergueu as sobrancelhas.

– Pode nos dizer, coronel Arbuthnot, como é possível que tenha ido parar lá?

– Se está querendo dizer que eu mesmo deixei cair lá, não, não deixei.

– Entrou na cabine do sr. Ratchett em algum momento?

– Nunca falei com o homem.

– Nunca falou com ele nem o matou?

As sobrancelhas do coronel subiram de novo, sardonicamente.

– Se tivesse, seria bem difícil que fosse comunicar o fato ao senhor. Para falar a verdade, eu *não* matei o sujeito.

– Ah, bem – murmurou Poirot. – Isso é irrelevante.

– Com sua licença?

– Disse que era irrelevante.

– Oh! – Arbuthnot parecia perplexo. Examinou Poirot, parecendo desconfortável.

– Porque, veja – continuou o homenzinho –, que o limpador de cachimbos não tem importância. Eu mesmo posso pensar em outras onze explicações excelentes para a presença dele.

Arbuthnot o fitava.

– De fato, desejava falar com o senhor sobre outro assunto – prosseguiu Poirot. – A srta. Debenham pode ter lhe contado, talvez, que escutei sem querer algumas palavras trocadas entre vocês na estação de Konya?

Arbuthnot não respondeu.

– Ela disse: "Não agora. Quando tudo estiver terminado. Quando tiver ficado para trás.". Sabe a que se referiam essas palavras?

– Sinto muito, monsieur Poirot, mas devo me recusar a responder essa pergunta.

– *Pourquoi*?

O coronel respondeu duramente:

– Sugiro que pergunte à própria srta. Debenham o significado das palavras.

– Já o fiz.

– E ela se recusou a lhe dizer?

– Recusou-se.

– Então acho que fica bastante evidente, até mesmo para o senhor, que minha boca é um túmulo.

– Não vai entregar o segredo de uma dama?

– Pode colocar dessa forma, se desejar.

– A srta. Debenham me disse que elas se referiam a um assunto privado dela.

– Então por que não aceitar sua palavra?

– Porque, coronel Arbuthnot, a srta. Debenham é o que podemos chamar de uma figura muito suspeita.

– Bobagem – disse o coronel com carinho.

– Não é bobagem.

– O senhor não tem absolutamente nada contra ela.

– Nem o fato de que a srta. Debenham era uma governanta acompanhante na casa da família Armstrong na época do sequestro da pequena Daisy Armstrong?

Houve um minuto de silêncio absoluto.

Poirot balançou o queixo com delicadeza.

– Está vendo – disse –, sabemos mais do que imagina. Se a srta. Debenham é inocente, por que escondeu esse fato? Por que me disse que nunca esteve na América?

O coronel limpou a garganta.

– Não seria possível que esteja cometendo um equívoco?

– Não estou cometendo um equívoco. Por que a srta. Debenham mentiu para mim?

O coronel Arbuthnot deu de ombros.

– É melhor perguntar para ela. Ainda acho que está enganado.

Poirot levantou a voz e chamou. Um dos atendentes veio do fundo do vagão.

– Vá perguntar à senhora inglesa do número 11 se faria a gentileza de vir até aqui.

– *Bien, monsieur.*

O homem partiu. Os quatro homens ficaram em silêncio. O rosto do coronel Arbuthnot parecia esculpido em madeira de tão rígido e impassível.

O homem retornou.

– Obrigado.

Um minuto ou dois depois, Mary Debenham entrou no vagão-restaurante.

Capítulo 7

A identidade de Mary Debenham

Ela não usava chapéu. Seu queixo estava erguido em atitude desafiadora. O cabelo penteado para trás e a curva da narina sugeriam a figura de proa de um barco, precipitando-se com valentia em um mar bravio. Naquele momento, ela estava linda.

Seus olhos pousaram em Arbuthnot por um minuto, apenas um minuto.

Ela perguntou a Poirot:

– Queria falar comigo?

– Queria lhe perguntar, mademoiselle, por que nos mentiu hoje de manhã?

– Menti para vocês? Não sei do que está falando.

– Escondeu o fato de que, na época da tragédia dos Armstrong, estava na verdade morando na casa deles. A senhorita me disse que nunca havia estado na América.

Ele a viu estremecer por um instante, e então se recompôs.

– Sim – declarou. – É verdade.

– Não, mademoiselle, era mentira.

– O senhor me entendeu mal. Quis dizer que é verdade que menti para vocês.

– Ah, admite?

Seus lábios se curvaram em um sorriso.

– Com certeza. Já que vocês me descobriram.

– Pelo menos é franca, mademoiselle.

– Não me parece restar mais nada para eu ser.

– Bem, isso é verdade. E agora, mademoiselle, posso lhe perguntar a razão desses subterfúgios?

– Eu diria que a razão salta aos olhos, não, monsieur Poirot?

– Não salta aos meus, mademoiselle.

Ela falou com uma voz baixa, equilibrada, com um traço de rispidez:

– Preciso ganhar a vida.

– Quer dizer...

Ergueu os olhos e o encarou de frente.

– O quanto sabe, monsieur Poirot, da luta para se conseguir e manter um emprego decente? Acha que uma moça que foi detida por suspeita de conexão com um caso de assassinato, cujo nome e talvez até fotografias tenham sido publicados nos jornais ingleses, acha que qualquer mulher inglesa de bem se interessaria em contratar essa moça como governanta de suas filhas?

– Não vejo por que não, se nenhuma culpa for atrelada à senhorita.

– Ora, culpa... não é uma questão de culpa... é a publicidade! Até aqui, monsieur Poirot, obtive sucesso na vida. Tive postos bem-pagos, aprazíveis. Não arriscaria a posição que conquistei se não fosse servir a uma boa causa.

– Vou me aventurar a sugerir, mademoiselle, que eu seria um melhor juiz nesse quesito, não a senhorita.

Ela deu de ombros.

– Por exemplo, poderia ter me auxiliado na questão da identificação.

– O que está dizendo?

– É possível, mademoiselle, que não tenha reconhecido na condessa Andrenyi a irmã mais nova da sra. Armstrong, de quem se ocupara em Nova York?

– Condessa Andrenyi? Não – ela balançou a cabeça. – Pode lhe parecer extraordinário, mas não a reconheci. Ela não estava crescida, entende, quando a conheci. Isso faz mais de três anos. É verdade que a condessa me lembrava alguém, eu estava intrigada. Mas parece tão exótica, nunca fiz a relação entre ela e a menina americana em idade escolar. É verdade que apenas olhei para ela de maneira casual quando entrava no restaurante. Reparei mais nas roupas do que no rosto – deu um sorriso apagado –, as mulheres fazem isso! Além disso, eu tinha minhas próprias preocupações.

– Não vai me contar seu segredo, mademoiselle?

O tom de Poirot era muito gentil e persuasivo.

Ela respondeu com a voz baixa:

– Não posso... não posso.

E de repente, sem que ninguém esperasse, desmoronou, deixando o rosto cair sobre os braços estendidos, chorando, como se o coração fosse se partir.

O coronel deu um salto e ficou parado, sem graça, do lado dela.

– Eu, veja bem...

Ele parou e, virando-se, fez uma careta feroz para Poirot:

– Vou quebrar um a um dos ossos desse seu corpo maldito, seu frangote metido e imundo – disse.

– Monsieur – protestou monsieur Bouc.

Arbuthnot havia se voltado para a moça.

– Mary, pelo amor de Deus...

Ela levantou de um salto.

– Não é nada. Estou bem. Não precisa mais de mim, precisa, monsieur Poirot? Se precisar, mande me chamar. Oh, que idiota, estou fazendo papel de idiota!

Apressou-se em sair do vagão. Arbuthnot, antes de segui-la, virou-se mais uma vez para Poirot.

– A srta. Debenham não tem nada a ver com esse assunto, nada, está ouvindo? E se ela for incomodada ou mexerem com ela, vai ter de se resolver comigo.

Saiu a passos largos.

– Gosto de ver um inglês irritado – disse Poirot. – São muito divertidos. Quanto mais emotivos, menor o domínio que têm da linguagem.

Contudo, monsieur Bouc não estava interessado nas reações emocionais dos ingleses. Estava tomado de admiração pelo amigo.

– *Mon cher, vous êtes épatant* – exclamou. – Outro palpite milagroso. *C'est formidable*!

– É inacreditável como pensa nessas coisas – disse o dr. Constantine admirado.

– Oh, não vou reivindicar o crédito desta vez. Não foi um palpite. Condessa Andrenyi praticamente me disse.

– *Comment*? É certo que não!

– Lembram que perguntei sobre a governanta ou acompanhante? Eu já havia decidido na minha cabeça que, *se* Mary Debenham estivesse metida no assunto, deveria ter figurado na casa em alguma atividade parecida.

– Sim, mas a condessa Andrenyi descreveu uma pessoa totalmente diferente.

– Exato. Uma mulher alta, de meia-idade e cabelos ruivos; na verdade, o exato oposto da srta. Debenham em todos os aspectos, tanto que chegava a chamar a atenção. Mas então ela teve de inventar um nome, rapidamente, e a associação inconsciente de ideias a entregou. Ela disse srta. Freebody, lembram?

– Sim?

– *Eh bien*, podem não saber disso, mas há uma loja em Londres que se chamava, até bem recentemente, Debenham & Freebody. Com o nome Debenham na cabeça, a condessa agarra-se a outro nome o mais rápido que pode, e o primeiro que lhe vem é Freebody. Naturalmente, entendi logo.

– Temos ainda outra mentira. Por que ela fez isso?

– É possível que por mais lealdade. Torna as coisas mais difíceis.

– *Ma foi* – disse monsieur Bouc com violência. – Mas todo mundo neste trem mente?

– Isso – disse Poirot – é o que vamos descobrir agora.

Capítulo 8

Outras revelações surpreendentes

– Nada me surpreenderia agora – disse monsieur Bouc. "Nada! Até mesmo se todos no trem se revelassem parte da equipe da casa dos Armstrong, eu não expressaria surpresa."

– Essa é uma observação muito profunda – disse Poirot. – Gostaria de ver o que seu suspeito favorito, o italiano, tem a dizer sobre si mesmo?

– Vai lançar mão de outro de seus famosos palpites?

– Precisamente.

– É realmente um caso dos mais *extraordinários* – disse Constantine.

– Não, é dos mais naturais.

Monsieur Bouc jogou os braços para cima em um desespero cômico.

– Se isso é o que chama de natural, *mon ami*...

As palavras falharam-lhe.

Poirot, naquele momento, já pedira que o atendente do restaurante fosse chamar Antonio Foscarelli.

O grandalhão italiano tinha um ar desconfiado quando entrou. Lançou olhares nervosos de um lado para o outro como um animal preso.

– O que vocês querem? – perguntou. – Não tenho nada a dizer, nada, estão ouvindo! *Per Dio*... – bateu com a mão na mesa.

– Sim, tem algo a mais para nos contar – disse Poirot com firmeza. – A verdade!

– A verdade? – lançou um olhar inquieto para Poirot. Toda a confiança e a jovialidade esvaíram-se da personalidade dele.

– *Mais oui.* Pode ser até que eu já saiba. Mas seria um ponto a seu favor se partir do senhor espontaneamente.

– Está falando como a polícia americana. "Abra o jogo", é o que eles dizem... "abra o jogo".

– Ah! Então tem experiência com a polícia de Nova York?

– Não, não, nunca. Não conseguiram provar nada contra mim, mas não foi por falta de tentativa.

Poirot disse baixinho:

– Foi no caso Armstrong, não foi? Era o chofer?

Os olhos dele fitaram os do italiano. A potência esvaiu-se do grandalhão. Era como um balão desinflado.

– Se já sabe, para que me perguntar?

– Por que mentiu hoje de manhã?

– Motivos de negócios. Além disso, não confio na polícia iugoslava. Odeiam os italianos. Não teriam agido com justiça em relação a mim.

– Talvez tenha sido exatamente a *justiça* o que eles teriam lhe dado!

– Não, não, não tive nada a ver com esse negócio de ontem à noite. Não saí de minha cabine em nenhuma momento. O inglês de cara amarrada pode confirmar isso. Não fui eu quem matou esse porco... esse Ratchett. Não pode provar nada contra mim.

Poirot estava escrevendo algo em uma folha de papel. Ergueu o rosto e disse baixinho:

– Muito bem. Pode ir.

Foscarelli demorou-se, um tanto desconfortável.

– Compreende que não fui eu, que eu não poderia ter tido nada a ver com isso?

– Disse que pode ir.

– É uma conspiração. Vai me incriminar? Tudo por causa de um porco que deveria ter ido para a cadeira elétrica! Foi uma infâmia que ele não foi. Se fosse comigo, se eu tivesse sido preso...

– Mas não foi você. Não teve nada a ver com o sequestro da criança.

– O que está dizendo? Ora, aquela pequenininha era a alegria da casa. Tonio, ela me chamava. E sentava no carro e fingia segurar na direção. A casa inteira a adorava! Até a polícia entendeu isso. Ah, aquela lindinha.

Sua voz se suavizara. As lágrimas vieram-lhe aos olhos. Então deu uma meia-volta abrupta e saiu a passos largos.

– Pietro – chamou Poirot.

O atendente do restaurante atendeu de pronto.

– O número 10; a senhora sueca.

– *Bien, monsieur.*

– Outro? – gritou monsieur Bouc. – Ah, não, não é possível. Vou lhe dizer que não é possível.

– *Mon cher*, precisamos saber. Mesmo se no fim comprovarmos que todo mundo no trem tem motivos para matar Ratchett, temos de saber. Assim que soubermos, vamos estabelecer de uma vez por todas onde reside a culpa.

– Minha cabeça está girando – grunhiu monsieur Bouc.

Greta Ohlsson foi conduzida com consideração pelo atendente. Ela chorava com tremendo pesar.

Desmoronou no assento em frente ao de Poirot e chorava de maneira contínua sobre um lenço grande.

– Não se aflija, mademoiselle. Não se aflija – Poirot a tocou no ombro. – Apenas umas poucas palavras sobre a verdade, é só isso. Era a ama encarregada da pequena Daisy Armstrong?

– É verdade, é verdade – chorava a miserável. – Ah, era um anjo, um anjinho doce e tranquilo. Não conhecia nada além da gentileza e do amor e foi levada por aquele malvado, tratada com crueldade... e sua pobre mãe... e a outra criança que nem chegou a viver. Não pode entender... não tem como saber, se estivesse lá como eu estava, se testemunhasse a tragédia terrível por inteiro... deveria ter lhe dito a verdade sobre mim esta manhã. Mas estava com medo... com medo. Estava tão feliz que aquele homem malévolo estava morto, que não poderia mais matar ou torturar crianças. Ah! Não consigo falar... não tenho palavras...

Chorou com mais veemência do que nunca.

Poirot continuou dando palmadinhas suaves em seu ombro.

– Ora, ora... eu entendo... eu entendo... tudo... tudo mesmo, estou lhe dizendo. Não vou lhe fazer mais nenhuma pergunta. É o suficiente que tenha admitido o que já sei ser a verdade. Compreendo bem, estou lhe dizendo.

Já ininteligível de tantos soluços, Greta Ohlsson levantou-se e saiu tateando, às cegas, em direção à porta. Ao alcançá-la, colidiu com um homem que estava entrando.

Era o criado, Masterman.

Foi direto até Poirot e falou em seu tom costumeiro baixo e imperturbável.

– Espero não estar me intrometendo, senhor. Achei melhor vir logo e lhe contar a verdade. Fui ordenança do coronel Armstrong na guerra e depois fui seu criado em Nova York. Receio ter escondido esse fato esta manhã. Foi uma grande falha minha, senhor, e achei melhor voltar de peito aberto. Mas espero, senhor, que não esteja suspeitando de Tonio de forma alguma. O velho Tonio não mataria uma mosca. E posso jurar que ele nunca saiu da cabine esta noite. Então, está vendo, senhor, ele não poderia ter feito nada. Tonio pode ser estrangeiro, mas é uma criatura muito gentil, não é como aqueles assassinos nojentos italianos que a gente lê por aí.

Parou.

Poirot encarou-o com firmeza.

– Isso é tudo o que tem a dizer?

– É tudo, senhor.

Fez uma pausa, então, como Poirot não disse nada, fez uma cortesia constrangida e, após uma hesitação momentânea, saiu do vagão da mesma maneira quieta e comedida com a qual entrara.

– Isso – declarou dr. Constantine – é de uma loucura muito mais improvável do que qualquer *roman policier* que já li.

– Concordo – disse monsieur Bouc. – Dos doze passageiros naquele vagão, nove se declaram com alguma ligação ao caso Armstrong. O que vem agora, é o que pergunto? Ou deveria perguntar quem?

– Posso quase fornecer a resposta para sua pergunta – disse Poirot. – Eis que vem nosso sabujo americano, o sr. Hardman.

– Ele também está vindo confessar?

Antes que Poirot pudesse responder, o americano alcançou a mesa deles. Lançou um olhar atento de esguelha para todos e, sentando-se, despejou:

– O que exatamente está acontecendo com este trem? Está me parecendo um hospício.

Poirot piscou para ele:

– Tem certeza, sr. Hardman, de que o senhor mesmo não era o jardineiro na casa dos Armstrong?

– Eles não tinham jardim – respondeu o sr. Hardman, sendo literal.

– Ou o mordomo?

– Não tenho o refinamento necessário para uma função assim. Não, nunca tive nenhuma ligação com a família Armstrong, mas estou começando a acreditar que seja talvez o único neste trem! Dá para conceber... é o que eu digo. Dá para conceber?

– É, com certeza, um pouco surpreendente – disse Poirot.

– *C'est rigolo* – foi o que escapou de monsieur Bouc.

– Tem hipóteses próprias sobre o crime, sr. Hardman? – inquiriu Poirot.

– Não, senhor. Eu me dou por vencido. Não sei como resolver. Não podem todos estar envolvidos, mas qual deles é o culpado é algo que está além da minha capacidade. Como foi que ficou sabendo de tudo isso, é o que quero saber?

– Apenas adivinhei.

– Então, pode acreditar em mim, é um adivinho habilidoso. Sim, vou contar ao mundo que é um adivinho habilidoso.

O sr. Hardman reclinou-se para trás e contemplou Poirot com admiração.

– Vai me desculpar – falou –, mas ninguém acreditaria só de olhar para o senhor. Tiro meu chapéu. Tiro mesmo.

– É muito gentil, sr. Hardman.

– De modo algum. O mérito é todo seu.

– Ainda assim – disse Poirot –, o problema ainda não está totalmente resolvido. Podemos afirmar com autoridade que sabemos quem matou o sr. Ratchett?

– Não me inclua – disse Hardman. – Não estou dizendo nada. Estou apenas cheio de admiração natural. E que dizer das outras duas sobre quem ainda não deu seu palpite? A velha dama americana e a dama de companhia? Suponho que podemos presumir que são as únicas pessoas inocentes no trem?

– A menos que – disse Poirot sorrindo – possamos encaixá-las em nossa pequena coleção como... digamos?... arrumadeira e cozinheira da família Armstrong.

– Bem, nada no mundo me surpreenderia agora – disse Hardman com calma resignação. – Um hospício... é isso que estou achando dessa história, um hospício!

– Ah, *mon cher*, isso seria de fato esticar uma coincidência além da conta – disse monsieur Bouc. – Não podem todos estar envolvidos.

Poirot olhou para ele.

– Não estão entendendo – disse. – Não estão entendendo de jeito nenhum. Diga – perguntou –, sabe quem matou Ratchett?

– Você sabe? – retrucou monsieur Bouc.

Poirot assentiu.

– Ah, sim – disse. – Já sei há algum tempo. É tão claro que questiono como também não enxergaram.

Olhou para Hardman e perguntou:

– E você?

O detetive meneou a cabeça. Fitou Poirot com curiosidade.

– Não sei – afirmou. – Não sei mesmo. Quem deles foi?

Poirot ficou em silêncio um minuto. Então declarou:

– Se puder fazer a gentileza, sr. Hardman, reúna todos aqui. Há duas soluções possíveis para este caso. Quero expô-las diante de vocês todos.

Capítulo 9

Poirot propõe duas soluções

Os passageiros chegaram se amontoando no vagão-restaurante e tomaram seus lugares ao redor das mesas. Todos traziam mais ou menos a mesma expressão de expectativa misturada a apreensão. A sueca ainda chorava e a sra. Hubbard a estava reconfortando.

– Agora precisa se controlar, minha querida. Tudo vai ficar bem. Não deve perder o controle. Se uma de nós duas é uma assassina revoltante, sabemos muito bem que não é você. Ora, qualquer um seria louco só de pensar uma coisa dessas. Você fica aqui sentada e vou ficar bem do seu lado; não se preocupe.

A voz dela esmoreceu quando Poirot se levantou.

O condutor da Wagon Lit estava rondando a porta.

– Permite que eu fique, monsieur?

– Certamente, Michel.

Poirot limpou a garganta.

– Messieurs e mesdames, vou falar em inglês, já que acho que todos vocês sabem um pouco dessa língua. Estamos aqui para investigar a morte de Samuel Edward Ratchett, de codinome Cassetti. Há duas soluções possíveis para o crime. Vou apresentar ambas diante de vocês e pedirei a monsieur Bouc e dr. Constantine aqui presentes para que julguem qual das soluções é a correta.

– Pois bem, todos vocês conhecem os fatos do caso. O sr. Ratchett foi encontrado esfaqueado esta manhã. Ele foi visto vivo pela última vez à 0h37, quando falou com o condutor da Wagon Lit pela porta. Um relógio no bolso de seu pijama foi encontrado muito amassado e havia parado à 1h15. O dr. Constantine, que examinou o corpo quando foi encontrado, calcula que a hora da morte tenha sido entre meia-noite e duas da manhã. Meia hora depois da meia-noite, todos sabem, o trem chocou-se contra um banco de neve. Depois daquele horário tornou-se *impossível que qualquer um deixasse o trem.*

"O testemunho do sr. Hardman, que é membro de uma agência de detetives de Nova York – várias cabeças viraram-se para olhar o sr. Hardman –, demonstra que ninguém pode ter passado por sua cabine (número 16 na ponta extrema) sem ter sido visto por ele. Somos forçados à conclusão de que o assassino deve estar entre os ocupantes de um vagão em particular, o Istambul–Calais.

"Essa, direi, *era* nossa teoria."

– *Comment?* – exclamou monsieur Bouc, assombrado.

– Contudo, vou lhes apresentar uma teoria alternativa. É muito simples. O sr. Ratchett tinha certo inimigo a quem temia. Deu uma descrição desse inimigo ao sr. Hardman e lhe disse que a tentativa, se chegasse a ser feita, ocorreria muito provavelmente na segunda noite depois da partida de Istambul.

"Agora lhes sugiro, damas e cavalheiros, que o sr. Ratchett sabia muito mais do que contou. O inimigo, como ele esperava, juntou-se ao trem em *Belgrado, ou é possível que em Vincovci*, pela porta deixada aberta pelo coronel Arbuthnot e pelo sr. MacQueen, que acabavam de descer até a plataforma. Ele estava de posse de um uniforme da Wagon Lit, o qual vestiu sobre suas próprias roupas, e de uma chave geral que lhe garantia acesso à cabine do sr. Ratchett apesar de a porta estar trancada. O sr. Ratchett estava sob a influência de um preparado para dormir. Esse homem o apunhalou com grande ferocidade e deixou a cabine pela porta divisória, que levava à cabine da sra. Hubbard..."

– Isso foi mesmo – disse a sra. Hubbard, balançando o queixo.

– Ele enfiou a adaga utilizada dentro da nécessaire da sra. Hubbard ao passar por ali. Sem saber, perdeu um botão de seu uniforme. Então se esgueirou para fora da cabine e seguiu pelo corredor. Apressado, enfiou o uniforme na mala de uma cabine vazia e, poucos minutos mais tarde, vestido com roupas comuns, saiu do trem logo antes que tornasse a partir. Mais uma vez, usou a mesma via para sair: a porta junto do restaurante.

Todos arfaram.

– E o relógio? – exigiu Hardman.

– Aí vocês têm a explicação da coisa toda. *O sr. Ratchett se esquecera de atrasar o relógio uma hora como deveria* em Tzaribrod. Seu relógio ainda marcava a hora do Leste Europeu, que é uma hora *à frente* do horário da Europa Central. Era *meia-noite* e quinze quando ele foi apunhalado, não uma e quinze.

– Mas é absurda essa explicação – gritou monsieur Bouc. – E a voz que falou de dentro da cabine faltando 23 minutos para a uma. Ou era a voz de Ratchett, ou então de seu assassino.

– Não necessariamente. Pode ter sido uma terceira pessoa. Alguém que entrara para falar com Ratchett e o encontrou morto. Tocou a campainha para chamar o condutor, mas então, como vocês dizem, lhe gelou o sangue, ficou com medo de ser acusado pelo crime e falou fingindo ser Ratchett.

– *C'est possible* – admitiu monsieur Bouc a contragosto.

Poirot olhou para a sra. Hubbard.

– Sim, madame, a senhora ia dizer...?

– Bem, não sei direito o que queria falar. Acha que também me esqueci de atrasar meu relógio?

– Não, madame. Acho que ouviu o homem passando por ali, porém sem se dar conta; mais tarde, teve um pesadelo sobre um homem que estava dentro de sua cabine, acordou com um susto e chamou o condutor.

– Bem, suponho que isso seja possível – admitiu a sra. Hubbard.

A princesa Dragomiroff observava Poirot com um olhar muito direto.

– Como explica o depoimento de minha camareira, monsieur?

– Muito simples, madame. Sua camareira reconheceu o lenço que lhe mostrei como sendo seu. Ela, um tanto desajeitada, tentou protegê-la. Ela encontrou o tal homem, porém mais cedo, quando o trem estava na estação de Vincovci. Fingiu tê-lo visto em um momento posterior com a confusa ideia de dar à senhora um *álibi* irrepreensível.

A princesa inclinou a cabeça.

– Pensou em tudo, monsieur. Eu... eu o admiro.

Fez-se silêncio.

Então todos deram um pulo quando o dr. Constantine, de repente, bateu com o punho na mesa.

– Mas não – exclamou. – Não, não e de novo não! Essa é uma explicação cheia de furos. É deficiente em uma dúzia de pormenores. O crime não foi cometido assim, monsieur Poirot deve saber perfeitamente bem.

Poirot voltou um olhar curioso para ele.

– Entendo – disse – que devo lhes apresentar minha segunda solução. Mas não abandonem essa tão abruptamente assim. Podem concordar com ela mais tarde.

Voltou o rosto para encarar os outros.

– Há outra possível solução para o crime. Foi assim que cheguei a ela.

"Depois de ouvir todos os depoimentos, reclinei-me, fechei os olhos e comecei a *pensar*. Certos pontos se apresentaram como dignos de atenção. Enumerei esses pontos para meus dois colegas. Alguns eu já elucidara, tal como a mancha de gordura em um passaporte etc. Vou repassar os pontos que faltam. O primeiro e mais importante foi um comentário feito por monsieur Bouc no vagão-restaurante no almoço do primeiro dia depois de partirmos de Istambul, indicando que o grupo reunido ali era interessante por ser tão variado, representando, como de fato, todas as classes e nacionalidades.

"Concordei com ele; porém, quando este ponto em particular me voltou à mente, tentei imaginar se tal assembleia teria a remota possibilidade de acontecer sob quaisquer outras condições. E a conclusão a que cheguei foi: apenas na América. Na América, pode haver uma casa de família composta por tal variedade de nacionalidades, um chofer italiano, uma governanta inglesa, uma ama sueca, uma dama de companhia francesa, e assim por diante. Isso me levou ao meu esquema de 'palpites', ou seja, escolher cada pessoa para um certo papel no drama dos Armstrong, muito parecido com um produtor que escolhe o elenco de uma peça. Bem, isso me levou a um resultado extremamente interessante e satisfatório.

"Também examinara, em meus pensamentos, cada depoimento em separado com alguns resultados curiosos. Tomemos primeiro o testemunho dado pelo sr. MacQueen. Minha primeira entrevista com ele foi inteiramente satisfatória. Contudo, na segunda, ele fez um comentário bastante curioso. Eu lhe descrevera a descoberta de um bilhete mencionando o caso Armstrong. Ele começou a dizer: 'Mas com certeza...', porém então fez uma pausa e prosseguiu: 'Digo, isso foi muito descuido do velho'.

"Então pressenti que aquilo não era o que ele começara a enunciar. *Supondo que o que quisera dizer fosse: 'Mas com certeza isso foi queimado!'*. Nesse caso, *MacQueen sabia do bilhete e de sua destruição...* em outras palavras, ele era ou o assassino ou o cúmplice do assassino. Muito bem.

"Então veio o criado. Afirmou que seu patrão tinha o hábito de tomar um preparado para dormir quando viajava de trem. Isso pode ser verdade, mas *será que Ratchett teria tomado ontem à noite?* A pistola automática sob o travesseiro entregava a mentira daquela declaração. Ratchett tinha a intenção de ficar de guarda ontem à noite. Qualquer que tenha sido o narcótico que lhe administraram, deve ter sido feito sem seu conhecimento. Por quem? Óbvio, MacQueen ou o criado.

"Agora chegamos ao depoimento do sr. Hardman. Acreditei em tudo o que ele contou sobre sua identidade; porém, quando chegamos aos reais métodos que utilizara para vigiar o sr. Ratchett, a história dele não era nada mais nada menos do que absurda. A única forma de ter protegido Ratchett de maneira eficaz teria sido de fato passando a noite em sua cabine ou em algum ponto de onde pudesse vigiar a porta. A única coisa que o depoimento dele claramente *mostrou* era que ninguém *de nenhuma outra parte do trem poderia ter matado Ratchett.* Traçou um círculo fechado em torno do vagão Istambul–Calais. Isso me pareceu um fato bastante curioso e inexplicável, e o pus de lado para pensar a respeito.

"É provável que todos vocês já saibam a esta altura as poucas palavras que escutei entre a srta. Debenham e o coronel Arbuthnot. A coisa mais interessante para mim era o fato de que o coronel Arbuthnot a chamava de *Mary* e estava, era evidente, cheio de intimidades com ela. Mas o coronel devia tê-la conhecido apenas poucos dias antes... e conheço ingleses da estirpe do coronel. Mesmo que tivesse se apaixonado pela jovem dama à primeira vista, teria avançado devagar e com decoro, jamais apressando as coisas. Logo, concluí que o coronel Arbuthnot e a srta. Debenham eram na realidade velhos conhecidos e estavam por algum motivo fingindo serem estranhos. Outro pequeno detalhe foi a familiaridade natural da srta. Debenham com o termo 'longa distância' pra uma chamada telefônica. E, no entanto, a srta. Debenham me contara que jamais estivera nos Estados Unidos.

"Passando para outra testemunha. A sra. Hubbard nos dissera que, deitada da cama, não podia ver se a porta divisória estava aferrolhada ou não, então pediu à srta. Ohlsson que verificasse para ela. Embora sua afirmação pudesse ser perfeitamente verídica se estivesse ocupando as cabines 2, 4, 12, ou qualquer uma de número *par*, onde o ferrolho fica logo abaixo da maçaneta da porta; nas de numeração *ímpar*, tais como a cabine número 3, o ferrolho fica bem *acima* da maçaneta e, portanto, não poderia ser nem um pouco mascarado pela nécessaire. Fui forçado à conclusão de que a sra. Hubbard estava inventando um incidente que nunca acontecera.

"E permitam-me dizer apenas uma palavra ou duas sobre *horários*. No meu entendimento, o ponto de fato interessante sobre o relógio amassado era o local onde foi encontrado: no bolso do pijama de Ratchett, um local de um desconforto singular e tão improvável para se guardar um relógio, em especial quando há um gancho para relógios instalado na cabeceira da cama. Tive certeza, portanto, de que o relógio fora posto de propósito no bolso e alterado. O crime, então, não fora cometido à uma e quinze.

"Fora então cometido antes? Para ser exato, à 0h37? Meu amigo, monsieur Bouc, propôs como argumento a favor disso o grito alto que me acordou do sono. Todavia, se Ratchett estivesse sob influência de medicamentos pesados, *não poderia ter gritado*. Se fosse capaz de gritar, teria sido capaz de fazer algum tipo de esforço para se defender, e não havia sinais de tal esforço.

"Lembrei que MacQueen chamara a atenção não uma, mas duas vezes (e da segunda vez de maneira muito flagrante) para o fato de que Ratchett não falava francês. Cheguei à conclusão de que a história toda de 0h37 fora uma comédia interpretada especialmente para mim! Qualquer um poderia perceber a pista falsa do relógio; é um artifício bastante comum em histórias de detetives. Presumiram que *eu* fosse perceber o que havia por trás daquilo e que, apostando tudo em minha própria esperteza, passaria a supor que, já que Ratchett não falava francês, a voz que ouvi aos 23 minutos para a uma hora não poderia ser dele e que Ratchett já deveria estar morto. Mas estou convencido de que, aos 23 minutos para a uma, Ratchett ainda permanecia em seu sono sedado.

"Mas o artifício deu certo! Abri minha porta e olhei para fora. De fato, escutei a frase em francês sendo dita. Se sou tão inacreditavelmente obtuso a ponto de não perceber o significado daquela frase, precisa ser levada à minha atenção. Se necessário, MacQueen pode abrir o jogo. Ele pode dizer: 'Me desculpe, monsieur Poirot, *esse não pode ter sido o sr. Ratchett falando*. Ele não fala francês'.

"Agora, qual foi o horário correto do crime? E quem o matou?

"Na minha opinião, e é apenas uma opinião, Ratchett foi morto em algum momento muito próximo das duas horas, o último horário que o doutor nos descreve como possível.

"E quanto a quem o matou..."

Ele fez uma pausa, olhando para a sua plateia. Não poderia reclamar de qualquer falta de atenção. Cada um dos rostos estava fixado nele. No silêncio, era possível escutar um alfinete caindo no chão.

Ele prosseguiu devagar:

– Fiquei impressionado em particular pela extraordinária dificuldade de argumentar o caso contra qualquer uma das pessoas do trem e pela coincidência bastante curiosa de que, em cada um dos casos, o testemunho que dava o álibi vinha de alguém que eu descreveria como "improvável". Assim, o sr. MacQueen e o coronel Arbuthnot proporcionaram álibis um para o outro; duas pessoas entre as quais pareceria muito improvável que pudesse existir qualquer familiaridade prévia. O mesmo aconteceu entre o criado inglês e o italiano, com a sueca e a moça inglesa. Pensei comigo: "Isso é extraordinário, eles não podem estar *todos* envolvidos!".

"E, então, messieurs, vi a luz. Eles estavam *todos* envolvidos. Pois tantas pessoas ligadas ao caso Armstrong viajando no mesmo trem por coincidência não apenas seria improvável, era *impossível*. Não pode ser acaso, mas *planejamento*. Lembrei-me de um comentário do coronel Arbuthnot sobre um tribunal de júri. Um júri é composto por doze pessoas – havia doze passageiros – e Ratchett foi apunhalado doze vezes. E a peculiaridade que me preocupou o tempo todo, essa multidão anormal viajando no Istambul–Calais em um período pouco comum do ano, estava explicada.

"Ratchett escapara da justiça na América. Sua culpa não estava em questão. Visualizei um júri autoproclamado de doze pessoas que o condenaram à morte e foram forçadas pelas exigências do caso a serem seus próprios executores. E, de imediato, com essa hipótese os detalhes do caso inteiro foram se encaixando em uma ordem esplêndida.

"Enxerguei tudo como um mosaico perfeito, cada pessoa fazendo sua parte combinada. Foi planejado de tal forma que, se a suspeita fosse recair sobre qualquer um, o depoimento de outra ou outras pessoas, livraria o acusado e confundiria a questão. O testemunho de Hardman era

necessário caso alguém de fora fosse suspeito do crime e fosse incapaz de apresentar um álibi. Os passageiros no vagão de Istambul não estavam correndo perigo. Cada mínimo detalhe de seus depoimentos fora ensaiado de antemão. A coisa toda foi um quebra-cabeça planejado com muita inteligência, arranjado de modo que cada informação nova que viesse à luz tornasse a solução ainda mais difícil. Como meu amigo, monsieur Bouc assinalou, o caso parecia de uma impossibilidade fantástica! Era exatamente esta a impressão que foi arquitetado para causar.

"Essa solução explicava tudo? Sim, explicava. A natureza dos ferimentos; cada um infligido por uma pessoa diferente. As cartas ameaçadoras artificiais, artificiais por serem irreais, escritas apenas para serem apresentadas como provas. (Sem dúvida, havia cartas reais, advertindo Ratchett de seu fim, as quais MacQueen destruiu, substituindo-as por essas outras.) A história de Hardman de ter sido contratado por Ratchett, uma mentira, é claro, do começo ao fim, a descrição do mítico 'homenzinho escuro com uma voz feminina', uma descrição conveniente, já que tinha o mérito de não incriminar nenhum dos verdadeiros condutores da Wagon Lit e se aplicaria igualmente a um homem ou a uma mulher.

"A ideia das facadas é à primeira vista curiosa, mas, refletindo, nada se encaixaria tão bem nas circunstâncias. A adaga era uma arma que poderia ser usada por todos, fortes ou fracos, e não fazia ruído. Imagino, embora possa estar errado, que cada pessoa, por sua vez, entrou na cabine escurecida de Ratchett através daquele da sra. Hubbard e desferiu um golpe! Eles próprios jamais saberiam qual golpe de fato o matou.

"A carta final, a qual Ratchett provavelmente encontrara em seu travesseiro, foi queimada com muito cuidado. Sem nenhuma pista apontando para o caso Armstrong, não haveria nenhum motivo em absoluto para suspeitar de nenhum dos passageiros do trem. Seria classificado como um trabalho externo, e o 'homenzinho escuro com a voz feminina' teria sido visto de fato por um ou mais dos passageiros saindo do trem em Brod.

"Não sei exatamente o que aconteceu quando os conspiradores descobriram que aquela parte do plano era impossível devido ao acidente do trem. Houve, imagino, uma reunião às pressas, e então decidiram levar adiante como dava. Era verdade que agora cada um dos passageiros estaria fadado a se tornar suspeito, mas essa possibilidade já havia sido prevista e considerada. A única coisa adicional a se fazer era confundir a questão ainda mais. Duas assim chamadas 'pistas' foram depositadas na cabine do morto: uma incriminando o coronel Arbuthnot (que tinha o álibi mais forte de todos e cuja ligação com a família Armstrong era provavelmente a mais difícil de ser provada) e a segunda pista, o lenço, incriminando a princesa Dragomiroff, que, em virtude de sua posição social, seu físico especialmente frágil e o álibi fornecido pela criada e pelo condutor, estava, em termos práticos, em uma posição inexpugnável. Para confundir ainda mais a questão, uma 'cortina de fumaça' foi incluída, a mítica mulher no quimono vermelho. Mais uma vez sou usado como testemunha da existência dessa mulher. Há uma forte batida na minha porta. Levanto e espio para fora, vendo o quimono escarlate desaparecer ao longe. Uma seleção acertada de pessoas, o condutor, a srta. Debenham e MacQueen, também a teriam visto. Foi, penso eu, alguém com senso de humor que cuidadosamente depositou o quimono escarlate no topo da minha mala enquanto eu entrevistava as pessoas no vagão-restaurante. De onde o traje apareceu não sei. Desconfio que seja de propriedade da condessa Andrenyi, já que sua bagagem continha apenas um *négligé* de chiffon tão elaborado que mais parecia um vestido de coquetel do que uma camisola de dormir.

"Quando MacQueen escutou pela primeira vez que a carta que fora queimada com tanto cuidado havia escapado em parte da destruição e que a palavra *Armstrong* era exatamente a que restara, deve ter comunicado de uma vez essa notícia aos outros. Foi naquele minuto que a posição da condessa Andrenyi tornou-se crítica, e o marido tomou providências imediatas para alterar o passaporte. Foi o segundo momento de azar deles!

"Todos concordaram em negar até o fim qualquer ligação com a família Armstrong. Sabiam que não existiam meios imediatos de eu descobrir a verdade e não acreditavam que eu fosse entrar no assunto a menos que minhas suspeitas fossem levantadas com relação a alguém em particular.

"Porém, havia outro ponto a considerar. Partindo do pressuposto de que minha teoria do crime era a teoria correta, e creio que *deva* ser a correta, então obviamente o próprio condutor da Wagon Lit precisa estar por dentro da trama. Porém, se for assim, isso nos daria treze pessoas, não doze. Em vez da fórmula usual, 'Dentre tal número de pessoas, uma é a culpada', eu estava diante do problema de que, dentre treze pessoas, uma e apenas uma era inocente. Quem seria essa pessoa?

"Cheguei a uma conclusão muito estranha. Cheguei à conclusão de que a pessoa que não tomara parte no crime era a pessoa que seria considerada a mais passível de fazê-lo. Estou me referindo à condessa Andrenyi. Fiquei impressionado com a sinceridade de seu marido quando jurou solenemente por sua honra que a esposa jamais deixara sua cabine naquela noite. Decidi que o conde Andrenyi tomara, digamos, o lugar da esposa.

"Se foi assim, então Pierre Michel era com certeza um dos doze. Mas como se explicaria sua cumplicidade? Era um homem decente que estava empregado pela companhia há muitos anos, não era o tipo de homem que poderia ser subornado para ajudar em um crime. Então, Pierre Michel deveria estar envolvido com o caso Armstrong. Porém, aquilo parecia muito improvável. Então lembrei que a babá morta era francesa. Imaginemos que aquela garota infeliz fosse filha de Pierre Michel. Isso explicaria tudo, assim como explicaria o local escolhido como cenário do crime. Havia mais alguém cuja parte no drama não estava clara? O coronel Arbuthnot, eu classifiquei como amigo dos Armstrong. É provável que estivessem juntos na guerra. A dama de companhia, Hildegarde Schmidt, pude adivinhar sua posição na casa dos Armstrong. Talvez eu seja muito guloso, mas farejo uma boa cozinheira por instinto. Preparei uma armadilha, e ela caiu. Disse saber que era uma boa cozinheira. Ela respondeu: 'Sim, de fato, todas as minhas patroas diziam isso'. Contudo, se está empregada como *camareira*, seus patrões raramente têm a chance de descobrir se a pessoa é ou não boa cozinheira.

"Então havia Hardman. Parecia não pertencer em definitivo à casa dos Armstrong. Apenas pude imaginar que ele estivesse apaixonado pela mocinha francesa. Falei com ele sobre o charme das mulheres estrangeiras e, de novo, obtive a reação esperada. Lágrimas repentinas encheram-lhe os olhos, que ele fingiu estarem ofuscados pela neve.

"Restava a sra. Hubbard. Agora, a sra. Hubbard, permitam-me dizer, fez o papel mais importante no drama. Ao ocupar a cabine que se comunicava com a de Ratchett, estava mais suscetível às suspeitas do que qualquer outro. Com a natureza das coisas, não poderia ter um álibi no qual se apoiar. Para fazer o papel que fez, a mãe americana afetuosa, perfeitamente natural e levemente ridícula, era preciso uma artista. Mas *havia* uma artista relacionada com a família Armstrong, a mãe da sra. Armstrong, Linda Arden, a atriz..."

Ele parou.

Então, em uma voz suave, suntuosa e sonhadora, bastante diferente daquela que usara a viagem toda, a sra. Hubbard disse:

– Sempre me imaginei fazendo comédias.

Continuou ainda com ar sonhador:

– Aquele deslize da nécessaire foi tolice. Demonstra como sempre devemos ensaiar direito. Testamos no trajeto de ida, eu estava em uma cabine par então, suponho. Nunca pensei que os ferrolhos estivessem em pontos diferentes.

Ela mudou de posição um pouco e olhou direto para Poirot.

– Sabe de tudo, monsieur Poirot. É um homem maravilhoso. Mas mesmo o senhor não pode imaginar como foi... aquele dia horrível em Nova York, eu estava arrasada de tristeza, e também os criados, e o coronel Arbuthnot estava lá também. Era o melhor amigo de John Armstrong.

– Ele salvou minha vida na guerra – disse Arbuthnot.

– Decidimos naquela hora, talvez estivéssemos loucos, não sei, que a sentença de morte da qual Cassetti escapara teria de ser levada a cabo. Havia doze de nós, ou melhor, onze; o pai de Susanne estava na França, é claro. Primeiro, pensamos em tirar a sorte para ver quem seria, mas, no fim, decidimos dessa forma. Foi o chofer, Antonio, quem sugeriu. Mary cuidou de todos os detalhes depois com Hector MacQueen. Ele sempre adorara Sonia, minha filha, e foi ele quem nos explicou exatamente como o dinheiro de Cassetti conseguira livrar a cara dele.

"Levou um bom tempo para aperfeiçoarmos o plano. Primeiro, precisamos rastrear Ratchett. Hardman conseguiu isso, afinal. Então tínhamos de conseguir pôr Masterman e Hector como funcionários dele, ou pelo menos um dos dois. Bem, conseguimos isso. Então tivemos uma consulta com o pai de Susanne. O coronel Arbuthnot fazia muita questão de que houvesse doze de nós. Parecia achar que deixava tudo mais nos conformes. Não gostava muito da ideia das facadas, mas concordou que solucionava a maior parte de nossas dificuldades. Bem, o pai de Susanne estava disposto. Susanne era sua filha única. Sabíamos através de Hector que Ratchett voltaria do Oriente mais cedo ou mais tarde pelo Expresso Oriente. Com Pierre Michel trabalhando no trem, a chance era boa demais para ser desperdiçada. Além disso, seria uma boa maneira de não incriminar ninguém de fora.

"O marido de minha filha precisava saber, é claro, e insistiu em vir junto no trem com ela. Hector ajeitou para que Ratchett escolhesse o dia certo para a viagem, quando Michel estivesse de serviço. Queríamos garantir todas as cabines do

Istambul–Calais, mas infelizmente havia uma que não conseguimos. Estava reservada há muito tempo para um diretor da companhia. O sr. Harris, é claro, não existe. Contudo, teria sido esquisita a presença de alguém estranho na cabine de Hector. E então, no último minuto, *o senhor* apareceu…"

Ela parou.

– Bem – falou. – Sabe de tudo agora, monsieur Poirot. O que vai fazer a respeito? Se tudo precisa vir a público, não pode jogar a culpa toda em cima de mim e unicamente de mim? Eu teria apunhalado aquele homem doze vezes de bom grado. Não foi só porque ele foi responsável pela morte da minha filha, da filha dela e do outro bebê, que poderia estar vivo e feliz agora. Era mais do que isso. Houve outras crianças antes de Daisy... poderia haver outras no futuro. A sociedade o condenara. Estávamos apenas executando a sentença. Mas é desnecessário arrastar todos os outros para isso. Todas essas almas leais... e pobre Michel... e Mary e o coronel Arbuthnot... os dois se amam...

A voz dela era maravilhosa ecoando pelo espaço abarrotado, aquela voz profunda, sentimental, que mexia com o coração e que havia emocionado tantas plateias em Nova York.

Poirot olhou para o seu amigo.

– O senhor é o diretor da companhia, monsieur Bouc – propôs. – O que me diz?

Monsieur Bouc limpou a garganta.

– Na minha opinião, monsieur Poirot – declarou –, a primeira teoria proposta pelo senhor era decididamente a correta. Sugiro que essa seja a solução que vamos oferecer à polícia iugoslava quando os oficiais chegarem. Concorda, doutor?

– Com certeza, concordo – disse o dr. Constantine. – Com relação às evidências médicas, acho... hã... que fiz uma ou duas sugestões um pouco fantásticas.

– Então – anunciou Poirot –, tendo apresentado minha solução diante de vocês, tenho a honra de me retirar do caso...

Sobre a autora

Agatha Christie (1890-1976) é a autora mais publicada de todos os tempos, superada apenas por Shakespeare e pela Bíblia. Em uma carreira que durou mais de cinquenta anos, escreveu 66 romances de mistério, 163 contos, dezenove peças, uma série de poemas, dois livros autobiográficos, além de seis romances sob o pseudônimo de Mary Westmacott. Dois dos personagens que criou, o engenhoso detetive belga Hercule Poirot e a irrepreensível e implacável Miss Jane Marple, tornaram-se mundialmente famosos. Os livros da autora venderam mais de dois bilhões de exemplares em inglês, e sua obra foi traduzida para mais de cinquenta línguas. Grande parte da sua produção literária foi adaptada com sucesso para o teatro, o cinema e a tevê. *A ratoeira*, de sua autoria, é a peça que mais tempo ficou em cartaz, desde sua estreia, em Londres, em 1952. A autora colecionou diversos prêmios ainda em vida, e sua obra conquistou uma imensa legião de fãs. Ela é a única escritora de mistério a alcançar também fama internacional como dramaturga e foi a primeira pessoa a ser homenageada com o Grandmaster Award, em 1954, concedido pela prestigiosa associação Mystery Writers of America. Em 1971, recebeu o título de Dama da Ordem do Império Britânico.

Agatha Mary Clarissa Miller nasceu em 15 de setembro de 1890 em Torquay, Inglaterra. Seu pai, Frederick, era um americano extrovertido que trabalhava como corretor da Bolsa, e sua mãe, Clara, era uma inglesa tímida. Agatha, a caçula de três irmãos, estudou basicamente em casa, com tutores. Também teve aulas de canto e piano, mas devido ao temperamento introvertido não seguiu carreira artística. O pai de Agatha morreu quando ela tinha onze anos, o que a aproximou da mãe, com quem fez várias viagens. A paixão por conhecer o mundo acompanharia a escritora até o final da vida.

Em 1912, Agatha conheceu Archibald Christie, seu primeiro esposo, um aviador. Eles se casaram na véspera do Natal de 1914 e tiveram uma única filha, Rosalind, em 1919. A carreira literária de Agatha – uma fã dos livros de suspense do escritor inglês Graham Greene – começou depois que sua irmã a desafiou a escrever um romance. Passaram-se alguns anos até que o primeiro livro da escritora fosse publicado. *O misterioso caso de Styles* (1920), escrito próximo ao fim da Primeira Guerra Mundial, teve uma boa acolhida da crítica. Nesse romance aconteceu a primeira aparição de Hercule Poirot, o detetive que estava destinado a se tornar o personagem mais popular da ficção policial desde Sherlock Holmes. Protagonista de 33 romances e mais de cinquenta contos da autora, o detetive belga foi o único personagem a ter o obituário publicado pelo *The New York Times.*

Em 1926, dois acontecimentos marcaram a vida de Agatha Christie: a sua mãe morreu, e Archie a deixou por outra mulher. É dessa época também um dos fatos mais nebulosos da biografia da autora: logo depois da separação, ela ficou desaparecida durante onze dias. Entre as hipóteses figuram um surto de amnésia, um choque nervoso e até uma grande jogada publicitária. Também em 1926, a autora escreveu sua obra-prima, *O assassinato de Roger Ackroyd.* Este foi seu primeiro livro a ser adaptado para o teatro – sob o nome *Álibi* – e a fazer um estrondoso sucesso nos teatros ingleses. Em 1927, Miss Marple estreou como personagem no conto "O Clube das Terças-Feiras".

Em uma de suas viagens ao Oriente Médio, Agatha conheceu o arqueólogo Max Mallowan, com quem se casou em 1930. A escritora passou a acompanhar o marido em expedições arqueológicas e nessas viagens colheu material para seus livros, muitas vezes ambientados em cenários exóticos. Após uma carreira de sucesso, Agatha Christie morreu em 12 de janeiro de 1976.

lepmeditores

www.lpm.com.br
o site que conta tudo

Impresso na Gráfica COAN
Tubarão, SC, Brasil